JN100653

どうも、噂の悪女でございます２
聖女の力は差し上げるので、私はお暇頂戴します

三沢ケイ

目次

どうも、噂の悪女でございます

聖女の力は差し上げるので、私はお暇頂戴します

2

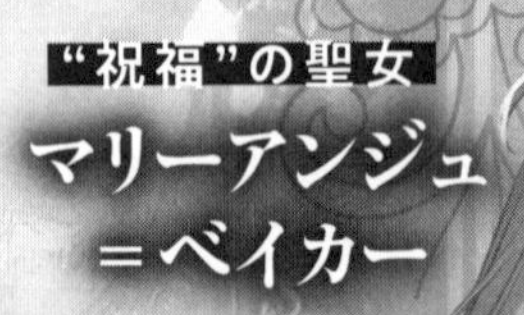

侯爵令嬢。
八歳で聖女の証である聖紋が現れて以来十年以上、
聖女、そして未来の王妃として国に尽くす。
真面目な性格で「国をよくしたい」という思いが
強いため、人によっては冷たくみられることも。
聖女としての固有の力は「祝福」。
幸せを呼び寄せ、災いから遠ざける
加護を与えることができる。

Keyword

［聖女とは］

膨大な神聖力＆精霊と通じる力を
併せ持つ女性で、数十年に一人しか現れない。
体の一部に聖女の印である聖紋があるが、その模様・場所は
人によって異なる。プレゼ国では【国王となる者は、
聖女を妃として娶り大切に慈しむべし】という王家の
決まりがあり、聖女であることが
分かったら王妃の座が約束される。
「豊穣」「防災」「浄化」「付与」の力に加え、
その聖女固有の力を持つ。

クロード＝メサジュ

聖女を複数擁するユリシーズ国の王太子。
切れ者だが自信家で、他者を見下すような
傲慢な面がある。

ダレン＝ヘイルズ

プレゼ国第二王子。元々はイアンの側近を
務めていたが、彼の失脚に伴い王太子に即位する。
マリーアンジュと婚約中。

ナタリー＝シスレー

ユリシーズ国第七の聖女。
「回復」の力を持つ。

シャーロット＝プレゼ

プレゼ国王妃であり現役の聖女。
「先見」の力を持つ。

イアン＝プレゼ

プレゼ国第一王子で
マリーアンジュの元婚約者。
大怪我により王太子の地位を失う。

メアリー＝リットン

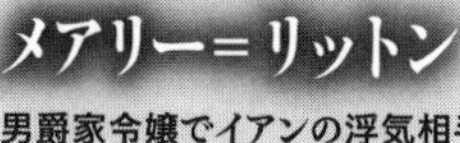

男爵家令嬢でイアンの浮気相手。
彼の失脚によりすべてを失う。

ヴィヴィアン＝スレー

ユリシーズ国第二の聖女。
「強化」の力を持つ。

Characters
［登場人物紹介］

サラート＝ルシエラ

プレゼ国の侯爵家当主。
イアンを支持していた。

presented by
Kei Misawa × m/g

I'm the rumored villai

◆プロローグ

この世界の生きとし生けるものは全て、聖なる力の源である〝神聖力〟を持っている。そして特に膨大な神聖力とそれを使った特別な能力を併せ持つ女性のことを、人々は〝聖女〟と呼んだ。

聖女は〝聖紋〟と呼ばれる証を持ち、聖女にしかない五つの特別な能力を備えている。

祈りを捧げることにより大地の精や水の精に働きかけ五穀豊穣をもたらす〝豊穣の力〟。

大地の精、水の精、風の精に働きかけて自然災害を防止する〝防災の力〟。

光の精に働きかけ、瘴気を消し去り不浄を防ぐ〝浄化の力〟。

自身の持つ聖女の力を一時的に他人に移す〝付与の力〟。

さらに、その聖女特有の特別な能力をひとつ。この特別な能力は聖女によって千差万別だ。

聖女はその力故に特別な存在として人々に崇められ、大切に扱われる。そしてそれはこのプレゼ国でも例外ではなく、数十年おきに現れる膨大な神聖力を持った聖女が、国を守る役目を負っていた。

◆ 第一章　聖女としての新生活

昼下がり、いつものように王宮にある執務室で資料の確認をしていたマリーアンジュ＝ベイカーは、トントントンとドアをノックする音で顔を上げた。

隅に控えていた侍女のエレンがドアを開ける。そこにいたのは、ここプレゼ国の大聖堂に関することを取り仕切る機関である神聖局の文官だった。文官は部屋に入ると、マリーアンジュから二メートルほど離れたところに立ち、頭を下げる。

「マリーアンジュ様。来月の浄化のスケジュール表ができましたので、お持ちしました」

マリーアンジュは手を差し出して書類を受け取ると、文官を見る。

「ありがとう。各地の様子は変わりない？」

「マリーアンジュ様のお陰で、各地ともつつがなく過ごせているようです」

「そう」

文官の言葉に、マリーアンジュは口元を綻ばせる。

マリーアンジュはプレゼ国の由緒正しき名門貴族——ベイカー侯爵家の令嬢であり、ここプレゼ国にふたりしかいない聖女のひとりだ。

浄化は〝浄化の力〟を持つ聖女にとって、最も重要な果たすべき役割とされている。定期的に浄化を行わないと国土に瘴気が立ちこめ不浄が広がり、ひいては土地を腐らせ植物を枯らし、さらには獣を魔獣に変え、人々には原因不明の病が蔓延する。

そのためプレゼ国では、神聖局がどの地域をいつ浄化するか綿密に計画し、国内に不浄が発生しないように管理しているのだ。

スケジュール表に書かれた地名を上から順番に眺めていたマリーアンジュは、久しぶりに見る地名を見つけた。

「トーダは久しぶりだわ」

トーダはプレゼ国の中都市で、王都から北方向に、馬車でほぼ一日かかる距離にある。マリーアンジュが最後に訪問したのは三年ほど前で、大きな大聖堂の近くには美しい湖があったのを憶えている。

「そうですね。王太子殿下もご一緒されるとのことです」

「ダレン様が？」

マリーアンジュは聞き返す。

マリーアンジュが『ダレン様』と呼ぶのはプレゼ国第二王子のダレン＝ヘイルズのことだ。彼はこの国の王太子で、まだマリーアンジュよりひとつ年下の十八歳だが、非常に有能で周囲の評判はいい。

ダレンがプレゼ国の王太子になったのは、つい三カ月ほど前のことだ。それまで王太子だった第一王子のイアン＝プレゼが魔獣討伐の際に大怪我をして王太子を務められない体になってしまったので、代わりに即位した。

プレゼ国には【国王となる者は、聖女を妃として娶り大切に慈しむべし】という規律があり、聖女であるマリーアンジュは王妃となることが決まっている。そのため、彼が立太子したのと同時にふたりの婚約が発表された。

――というのが周囲に知られているこれまでの経緯だが、実際は少し違う。

前王太子のイアンは、王太子でありながら聖女をないがしろにしてその重要性を理解しようともしない、将来の王としての器に欠ける王子だった。聖女ではない普通の女にうつつを抜かし、聖女の責務を一身に背負ったマリーアンジュをえん罪で糾弾したあげく、自分の恋人が聖女を務めるから婚約破棄だと言い出したのだから。

そんなとき、マリーアンジュは、当時イアンの側近だったダレンからとある策を提案され、それに乗った。結果としてダレンは王太子となり、聖女であるマリーアンジュは彼の婚約者となったのだ。

（ダレン様、とてもお忙しそうだけど大丈夫なのかしら？）

ダレンは王太子になってまだ日が浅い。様々な手続きや、連日にわたる国内貴族からの挨拶、イアンのやり残した仕事の処理などで、毎日とても忙しそうにしている。彼はそんな中でもマリーアンジュのことを気にかけてこまめに会いに来てくれるし、大切にしてくれる。

だが、もしトーダに同行するとしたら、往復する時間や現地の滞在時間でかなりの時間がつぶれてしまうだろう。

（ますます忙しくなって、体調を崩されてしまうのではないかしら？）

マリーアンジュは心配になった。

（あとでお会いしたときにでも、聞いてみよう）

マリーアンジュはそう思い手元の予定表を端に寄せると、文官を見る。

「わかりました。ありがとう」

「はい。それでは失礼します」

文官は丁寧に頭を下げると、部屋をあとにした。

ダレンがマリーアンジュの部屋を訪ねてきたのは、その二時間後だった。

「ダレン様、いらっしゃいませ」

「ああ」

ダレンはマリーアンジュを見つめ、柔らかな微笑みを浮かべる。

闇夜のような黒髪と青い瞳のキリッとした目元のせいか、一見すると、ダレンからは近寄りがたい印象を受ける。しかし、彼がマリーアンジュに向ける眼差し（まなざし）はいつも優しい。

マリーアンジュはダレンを執務室にあるソファーセットに座らせ、自分はその隣に座った。

すぐに、侍女のエレンが紅茶を用意してくれた。

「マリーアンジュは変わりない？」

「はい。変わりありません。全ての執務がつつがなく進んでおります。先月建設された病院への慰問日程の調整に、救貧院の今月の運営状況の確認、舞踏会の招待状への返信――」

マリーアンジュは今日行った仕事の内容を思い返しながら、ダレンに告げる。ダレンはリラックスした様子で、それに耳を傾けていた。

「あと、神聖局から最新の浄化スケジュール表が届きました。来月トーダに行くのですが、ダレン様も行かれると聞きました。本当でしょうか？」

「ああ、そのつもりだ」

ダレンは頷く。

「その……、だいぶお忙しいかと思うのですが、無理をなさっていませんか？　浄化だけならわたくしひとりでも大丈夫ですよ？」

確かに浄化で地方を訪問する際は王太子も同行することが望ましいのだが、必須ではない。

現に、イアンは王太子だった頃、いつも聖女の仕事を全てマリーアンジュに押しつけて一切同行することがなかった。だから、マリーアンジュからすればひとりで浄化に行くことに慣れているので、ただでさえ忙しいダレンの時間を取るのは悪い気がしたのだ。

「俺の心配をしてくれているのか？」

「もちろんです。あまり無理をなさって倒れては大変ですもの」

「それはマリーも同じだろう？」

ダレンは苦笑する。

「実は、今回の同行は視察も兼ねたいと思っているんだ。俺はまだトーダに一度も行ったことがないから、どういう地域なのか民の暮らしぶりと町の様子をこの目で確認したい」

「なるほど。そういうことだったのですね」

ゆくゆくはこの国の王になるダレンがまだ行ったことがない地域を視察したいと思うのは、至極当然のことだ。それならばとマリーアンジュも納得した。

「もう少しすれば、この忙しさも一段落するだろう」

「一段落するまでは、ここに来る回数を減らしていただいても大丈夫ですよ？」

「なぜ？」

ダレンは不思議そうにマリーアンジュを見つめる。

「だって、わたくしのもとに毎日通うのはご負担でしょう？」

マリーアンジュはカップをテーブルに置き、ダレンを見返した。

ダレンは毎日、マリーアンジュの顔を見に来る。仕事の話も少しするが、そのあとは他愛のない話をしているだけだ。

マリーアンジュにとっては気晴らしになって楽しい時間だが、マリーアンジュ以上に忙しいダレンにとっては負担になっているのではないかと思うのだ。何度か『わたくしのことは気になさらず、執務を優先してくださいませ』と伝えたのだが、ダレンは『俺が来たいから来ているだけだ。気にするな』と言うだけだ。

「マリー。前にも言ったが、これは俺がマリーに会いたくて来ているだけだから心配しなくていい。マリーの顔を見ると、疲れが癒えて仕事の効率が上がる」

「わたくしの顔を？」

「ああ。それに、これは大事な婚約者と一緒に過ごす貴重な時間なんだ。どんなに忙しくとも、削るつもりはない」

ダレンはきっぱりとそう言うと、マリーアンジュを抱き寄せる。頬に手が添えられ、優しく唇が重ねられた。

ふたりの顔が離れ、マリーアンジュを見つめるダレンが蕩けるような笑みを浮かべる。

婚約してからというもの、ダレンはよくマリーアンジュにキスをする。もう何度目かわからないのに、いまだにマリーアンジュは頬に熱が集中するのを感じた。

ダレンはそんなマリーアンジュの反応を見て、くすりと笑う。

「今度、また城下に一緒に行こうか」

「え？」

「以前、一緒に行っただろう？」

マリーアンジュは聖女なので、毎日多忙だ。しかし、数カ月前にまとまった休息を取れた時期があった。

前王太子のイアンがマリーアンジュに別の女性――彼の恋人だった男爵令嬢のメアリー＝リットンに聖女の力を付与することを強要したのだ。更に彼は、マリーアンジュに一方的に婚約破棄を言い渡した。

その際、聖女の役目から解き放たれたマリーアンジュは、八歳で聖紋が現れて以降初めてと言っていいくらい、存分に余暇を満喫した。

歌劇や演奏会を鑑賞したり、郊外の庭園に散歩に行ったり、友人達とお茶会を楽しんだりと、楽しい思い出がたくさんだ。

その時期に、ダレンは町歩きに不慣れなマリーアンジュに町を案内して、一緒に回ってくれたのだ。そのときのふたりはまだ、イアンの側近と、元婚約者という関係だったが。

（ダレン様とは、城下のお祭りにも行ったわよね）

脳裏に、楽しい思い出がよみがえる。

「いいのですか？」

「もちろん。城下の民の様子を知るのも王族の務めだ」

「それでは、ぜひ。ダレン様、ありがとうございます」

マリーアンジュがふわりと微笑んで頷くと、ダレンも優しく目を細める。

「礼には及ばない。マリーの喜ぶ顔が見られれば、それで十分だ」

「わたくしの喜ぶ顔？」

「マリーのことは、いつも笑顔にしてやりたいと思っている」

「……そうですか」

どぎまぎしてしまい、マリーアンジュはダレンから目を逸らしてカップの紅茶を飲み干す。

マリーアンジュは相手が誰であろうと、王太子と結婚すると決まっている。だから、彼とは恋愛関係にあったわけではない。なのに、ダレンはいつもマリーアンジュに対してまるで愛しい人に接するかのような態度で接する。

長い間マリーアンジュの婚約者だったイアンは、いつも彼女に素っ気ない態度をとっていた。そのため、こんなふうに甘く接してくるダレンの態度にいまだに慣れない。

「楽しみにしていて」

ダレンはマリーアンジュの体を包み込むように抱き寄せると、こめかみにキスをした。

◇　◇　◇

トーダに向かう日は、爽やかな晴天だった。

馬車に乗り込んだマリーアンジュは窓から雲ひとつない空を見上げ、眩しさに目を細める。

「とてもいい天気ですね」

マリーアンジュが話しかけると、同乗するダレンも窓の外に目を向けた。

「ああ。雨だと移動が大変だから、晴れていてよかった」

「本当に」

マリーアンジュは頷く。

このところ雨天が続いていたので、この晴れ間はありがたい。雨でぬかるんだ道を馬車で移動すると、途中で車輪が嵌まって思わぬトラブルになることが多いのだ。

王族が長距離移動に使う馬車はクッション性に優れている。トーダに向かう前に王宮の大聖堂で朝の祈りを捧げようと、今朝はいつもより早く起きた。心地よい揺れが続き、マリーアンジュはいつの間にか眠りの世界へと誘われる。

——不意にガタンと大きな揺れを感じて、マリーアンジュの意識は浮上する。

「ん……」

「まだかかるから、眠っていていいよ」

上から優しい声がして、慈しむように頭を撫でられる感覚がした。

(えっ?)

びっくりしてぱちっと目を開けると、ダレンが上からマリーアンジュを覗き込んでいる。

マリーアンジュは慌てて飛び起きた。外を眺めているうちに、いつの間にか眠ってしまったようだ。

「申し訳ありません。わたくしったら」

王太子であるダレンと馬車に同乗しているときに断りもなく眠るという行為がそもそも不敬なのに、さらには彼の膝を枕にして熟睡するなんて！

マリーアンジュは思わぬ失態に青ざめる。しかし、そんな彼女とは対照的に、ダレンの機嫌はよかった。

「構わない。疲れていたのだろう？　いつも精力的に行動してくれて、ありがとう」

ダレンはそっとマリーアンジュの頭を撫でる。

「わたくしよりダレン様のほうがずっとお忙しいし、疲れていらっしゃるでしょう？」

「俺は平気だ。それに、今日のは役得だった」

「役得？」

マリーアンジュは小首をかしげる。

「マリーの可愛い寝顔を存分に楽しめたから」

「可愛くなどっ……」

「可愛かったよ。俺にとって、マリーは世界で一番可愛いし、美しい。ずっと眺めていたいくらいだ」

謙遜するマリーアンジュを抱き寄せると、ダレンは彼女の額にキスをする。

「少し遠い地方の浄化も悪くないな。大手を振って、マリーとふたりの時間を楽しむことがで

きる」

耳元でそう囁かれ、マリーアンジュはまた顔が赤くなるのを感じた。

マリーアンジュ達は手前の町で一泊して、翌朝トーダに入った。

トーダはプレゼ国の中では中規模都市に分類される町だ。中心街に近づくにつれて道路の周辺にはたくさんの店が並び、賑やかさが増してゆく。

一般市民にもマリーアンジュ達の来訪は知らされているようで、街道沿いにはマリーアンジュとダレンを歓迎するための布飾りが至る所に飾られていた。普段はまず見かけないような豪華な馬車と近衛騎士達の隊列に、道行く人々は立ち止まり、馬車に向かって大きく手を振る。

「すごい歓迎だ。マリーは人気者だな」

ダレンは窓から外を眺める。

「ダレン様がいらっしゃるからでは？　未来の国王陛下がいらしたのですから。いつもはもっと少ないです」

地方に浄化に訪れた際に市民に歓迎されることはたびたびあるが、こんなに大歓迎されるのは珍しい。きっと、初めて聖女と王太子が揃ってこの町を訪れたからだろう。

馬車が通り過ぎる際に、大きく手を振る子供達が見えた。ダレンは馬車の窓を開け、近くにいた近衛騎士を手招きする。

「いかがなさいましたか？」

「先導する騎士に、少しゆっくり走るように伝えてくれ」

馬車の速度が落ちると、ダレンは手を振る民衆に対して手を振り返した。

王太子から手を振ってもらえるとは思っていなかったのだろう。民衆から大きな歓声が上がった。

（ダレン様は人心掌握がお上手ね）

イアンは一度も行わなかった行動だ。たったこれだけのことでも、トーダの人々にとってはとても印象深い出来事になるだろう。

（わたくしも、ダレン様をしっかり支えられるように頑張らないと）

自分のせいでダレンのイメージを悪くしてはならないと、マリーアンジュは気を引き締めた。

間もなく、馬車はトーダの大聖堂へ到着した。

トーダの大聖堂は黄土色の石造りで、町のシンボル的な建物だ。今から百年ほど前に建てられており、当時の姿を今もそのまま残している。

「王太子殿下、聖女様、ようこそいらっしゃいました」

出迎えたトーダの大司教がマリーアンジュ達に頭を下げる。

「ご無沙汰しております。お変わりないですか？」

「はい。聖女様の祈りの効果がしっかりと現れております」

大司教は相好を崩す。

「そうですか。よかった」

浄化の祈りで消え去った瘴気は、時間が経つにつれてまたたまってくる。だから聖女が定期的に浄化する必要がある。

前回トーダを訪れたのは、もうずいぶんと前だ。時間が経っている分、浄化の力が薄まっているはずだが、問題は起きていないと聞いて安心した。

「聖女様。こちらにどうぞ」

大聖堂の祭壇の前まで歩み寄った大司教は、そこに敷かれた絨毯を手で示す。マリーアンジュは会釈すると、その絨毯の上でひざまずいた。

「光の精霊よ、我々に力を。この地に聖なる光を」

胸の前で両手を組み、祈りを捧げる。体の中を神聖力が目まぐるしく駆け抜けるような感覚がして、頭の中に直接声が響いた。

「願いを聞き入れましょう。聖女よ」

その瞬間、祭壇にキラキラと粒子が降り注ぎ、辺りがきらめいた。光の精霊がマリーアンジュの声に応え、浄化の力が発揮されたのだ。

続けて五穀豊穣と防災の祈りを捧げると、同じように祭壇に光が降り注ぐ。それは、周囲の精霊達がマリーアンジュの祈りに応えた証拠だ。

全ての祈りを捧げ終えたマリーアンジュは、立ち上がって後ろを振り返る。

「聖女様、お見事です。何度見ても本当に美しい」

大司教はうっとりと宙を見つめていた。大聖堂の中には、まだ先ほどのきらめきの余韻が残っている。

「次にこの光景を目にできるのは数年先だと思うと、この余韻にいつまでも浸っていたくなりますな」

大司教は聖女の祈りの光景が好きなようだ。名残惜しげに、最後のきらめきが消えるのを見つめていた。

「トーダは他の主要地域に比べて浄化を行う間隔が長いようだが、なぜだろう。何か心当たりはあるか？」

同席していたダレンが、大司教に尋ねる。

浄化のスケジュールは、瘴気がたまらないようにその地域の状態に合わせて綿密に組まれる。短い地域だと半年に一回程度の浄化が必要なので、数年に一度でしっかりと浄化の力が維持されるトーダは珍しい地域とも言える。

「確かなことは言えないのですが――」と前置きして、大司教は口を開く。

「トーダは、プレゼ国の中でも聖地に近い場所に位置しているからではないかと言われております。聖地がある隣国ユリシーズ国には多くの聖女がおり、日々祈りを捧げています。そのため、祈りの効果が国境を越え、この地域までよい影響を及ぼしているのではないかと」

「なるほど。ユリシーズ国の聖女の力の影響か。あり得ない話ではないな」

ダレンは頷く。

国境は人間の都合で、人間が決めた線であり、精霊達には関係がないものだ。大司教の〝ユリシーズ国の聖女の力が影響している〟という説明は、納得感がある。

（聖地……）

マリーアンジュはふたりの会話に耳を傾ける。

聖女の証である聖紋が現れて最初に学んだことは、聖女の役割や歴史だった。

聖地とは、生きとし生けるもの全てが持つ〝神聖力〟の源になっているといわれる場所で、美しい湖に浮かぶ島にある。島の中心部には大きな木——世界樹が生えており、気まぐれな神々が時折地上を訪れる際に最初に降り立つ場所なのだとか。

聖地とされる島自体はどの国にも属さない中立地なのだが、その島がある巨大な湖を有しているのが隣国——ユリシーズ国だ。

プレゼ国の聖女は数十年に一度しか生まれないのに対し、ユリシーズ国ではもっと頻繁に聖女が現れる。そして、ユリシーズ国が豊かなのは、それらの聖女達が手分けして頻繁に祈りを捧げているからだといわれている。

（聖地があるユリシーズ国は、どんな国なのかしら？　それに、ユリシーズ国の聖女はプレゼいつか行ってみたいと思った。

浄化を終えて領主館でトーダ領主と情報交換をしたあと、マリーアンジュはダレンと視察も兼ねて町を見て回ることにした。

「マリー、こっちだ」

トーダ領主が用意した馬の手綱を持ったダレンに呼ばれ、マリーアンジュは戸惑った。

「え？　馬で回るのですか？」

「ああ。明日帰るから、我々の馬はできるだけ休ませたい。視察は先方に用意してもらった馬を使う。馬車だと小回りが利かないから、馬のほうがいいだろう？」

確かに、ダレンの言う通りだ。

マリーアンジュ達の乗ってきた馬は明日、馬車を引いて一日中走りっぱなしの予定だ。今休ませておかないと、王都に帰る前に疲れきってしまう。それに、馬車はある程度整備された道しか走れない。トーダはそれなりに大きな中規模都市だが、王都ほどは道が整備されていない。視察するなら馬を借りたほうがいいという意見には、マリーアンジュも賛成だ。

だがしかし、マリーアンジュにはひとつ困った問題があった。

「ダレン様。わたくし実は……乗馬が不得意でして」

マリーアンジュは申し訳なく思い、眉尻を下げる。

八歳の頃に聖紋が現れたマリーアンジュは、万が一にも落馬して怪我をしたら大変だと両親に言われ、乗馬の機会をほとんど与えられなかった。移動はいつも、安全な馬車だ。

わずかにある乗馬の経験も、いつも誰かに手綱を引いてもらっていた。だから、初めての場所を初めての馬に乗り、ひとりで回るのはおそらく無理だ。

「ああ、知っている。俺と一緒に乗ろう。おいで」

ダレンは驚いた様子もなく、用意された馬に颯爽とまたがるとマリーアンジュに手を伸ばした。

「え？　でも、それではダレン様に迷惑が――」

「俺は、全く迷惑じゃない。それより、マリーが他の男と同乗するほうがよっぽど問題だ。ほらっ」

ダレンはマリーアンジュの手を握ると、力強く引く。体がぐいっと引き上げられた。

マリーアンジュはダレンに、彼の前にまたがるように座らされた。ダレンはマリーアンジュを両側から包み込むように、手綱を握る。

「わたくしがここにいては、前が見にくくないですか？」

マリーアンジュは気を遣って、ダレンに尋ねる。

「大丈夫だ。問題ない」

すぐ近く、耳元で声がしてマリーアンジュは振り返る。

（えっ？）

ちょうど振り返った先に、ダレンの秀麗な顔があった。

「大丈夫だよ。ほら、こうしてマリーの頭の上から見えるから」

至近距離で微笑まれ、胸がどきんと跳ねた。

マリーアンジュは咄嗟に、表情を隠すように前を向く。

（馬の同乗って、こんなに距離が近いのね）

背中に、ダレンの体温を感じる。思った以上にたくましい胸板に、男性であることを感じてどぎまぎしてしまう。

「行くぞ」

ダレンの掛け声で、周囲の近衛騎士達が一斉に動きだす。先頭を案内するのはトーダ領主と彼に仕える騎士だ。

馬車とは違い、乗馬は風が直接体に当たる。

「マリー、寒くない？」

「大丈夫です」

ダレンに尋ねられ、マリーアンジュは前を向いたまま答える。

火照った顔には、少し冷たい風がちょうどよかった。

マリーアンジュ達が最初に案内されたのは、この地域特産のぶどう農園だった。

馬から下りたマリーアンジュは、周囲に広がる景色を眺める。見渡す限り、二メートルくらいの高さの柵が続いていた。

「ダレン様、見てください。あんなに立派な実が」

マリーアンジュはぶどうが実っているのを早速見つけて、それを指さす。柵から緑色のぶどうがぶら下がっている。

「本当だ。緑色だから気づかなかったが、たくさん実っているな。ほら、あそこも」

ダレンも別の方向を指さす。彼の言う通り、至る所に緑色のぶどうがなっているのが見えた。

「これらは、果実酒にするためのぶどうです。天候にも恵まれており、今年も豊作になりそうです」

トーダ領主が事前に頼んでくれていたようで、ぶどう農家がにこにこしながら説明してくれた。

「豊作か。マリーの五穀豊穣の祈りに加え、あなた達が丹精込めて育てたお陰だな」

「本当に、そうですね」

ダレンからのぶどう農家へのねぎらいに、マリーアンジュは相づちを打つ。

五穀豊穣の祈りは豊作になるかどうかに影響を及ぼすが、それと同じくらい大事なのは育て方だ。きっとここのぶどうは、とても大切に育てられたのだろう。

「ありがたきお言葉です」

ぶどう農家は恐縮したように頭を下げる。しかし、王太子であるダレンに褒められたのがとても嬉しかったようで、その表情はどこか誇らしげだ。

「あちらにある、果実酒を作っている施設にもご案内しましょう」

領主は少し離れた場所に見える木造の建物を指さした。

案内されたのは大きな倉庫のような場所で、たくさんの樽が置かれていた。

「樽の中には圧搾したぶどうの果汁が入っています。ここで発酵させて、お酒にするんです」

領主の説明を聞きながら辺りを見回していたマリーアンジュは、ふと倉庫の出入り口近くで不思議な行動をしている人々がいることに気づいた。いくつか並んだ大きな樽の中に、それぞれ人が入っている。皆、下半身だけ樽に入ったような格好で楽しげに民謡を歌い、足踏みしているのだ。

(わあ、楽しそう……)

楽しげな様子に、マリーアンジュの足は無意識にそちらに向かう。

「何をしているの?」

「ぶどうを踏みつぶして果汁を搾るんだよ」

マリーアンジュが尋ねると、大人達に交じって手伝いをしていた少年が答えた。

「おい、こらっ！」

少年の隣にいた男性が慌てたように声を上げ、彼の頭を小突く。そして、恐縮した様子でマリーアンジュに頭を下げた。

「聖女様、こいつの口の利き方がなっておらず申し訳ございません」

「構わないわ」

マリーアンジュは笑顔で答える。

近づいてみると樽の中には大きな木板が入っていた。その下には収穫したぶどうが入っている。

少年の言う通り、板の上で人々が足踏みすることで、下のぶどうを押しつぶして果汁を搾っているようだ。

「そのまま踏みつぶして果汁を搾ってもいいんだけど、うちは木板を敷くことが多いんだ」

「へえ、面白いのね」

妃教育や学校で習ったので、トーダがぶどうの名産地であり、そのぶどうを使って作ったお酒が特産品であることは知っていた。しかし、具体的にどうやってぶどうをお酒にしているかまでは知らなかったので、マリーアンジュは興味深くその様子を眺める。

「王子様と聖女様もやってみる？」

「え？　わたくし？」

少年の思ってもみない提案に、マリーアンジュは驚いた。

「うん、楽しいよ」

少年は屈託ない笑顔をダレンとマリーアンジュに向けた。

（やってみたいけど……、さすがに駄目な気がするわ）

マリーアンジュは戸惑う。

周囲の大人はぎょっとした様子で、慌てて「申し訳ありません！」とマリーアンジュに謝罪した。そして、少年を「こらっ！」と叱ると、彼の口を手で塞いだ。少年はなぜ叱られたのかとキョトンとした様子だ。

「大丈夫よ。気になさらないで」とマリーアンジュがフォローしたそのとき、「ははっ」と楽しげな笑い声がした。ダレンだ。

「そうか、楽しいか。それは魅力的な提案だな。よし、やろう」

「本当？」

怒られてしょんぼりしていた少年は、ダレンを見上げ目を輝かせる。

「ああ、本当だ」

口の端を上げるダレンに、周囲は驚いた様子だ。トーダ領主がおずおずと「殿下、本気ですか？」と声をかける。

「本気に決まっているだろう。マリーもやるか？」

ダレンはマリーアンジュを見る。

（え？）

まさかダレンがやると言い出すとは思っていなかったマリーアンジュは、自分まで誘われてさらにびっくりした。

でもすぐに、いい機会かもしれないと思い直す。こんなこと、今やらなかったら一生やる機会はないだろう。

「やります」

マリーアンジュの返事を聞き、領主をはじめとした周囲の人々は「ええっ⁉」と声を上げる。まさか、マリーアンジュまでもがやると言い出すとは思わなかったのだ。

「よし。じゃあ一緒にやろう」

ダレンは楽しげに笑うと、マリーアンジュに片手を差し出した。

見よう見まねでやるぶどうの圧搾は、マリーアンジュが思っていたよりも難しかった。ぶどうの上に敷いた板が不安定なので、ぐらぐら揺れて何度もバランスを崩しそうになった。

「きゃっ！」

マリーアンジュは思わず悲鳴を上げる。そのたびに、すぐにダレンに体を支えられて助けられた。

民謡を歌うのは、それに合わせて足踏みすると楽しい時間が過ごせるからだそうだ。誰ともなく民謡を歌うようになり、今ではそれが当たり前になったのだとか。

（これ、楽しいわ！）

歌に合わせてリズムよく板を踏むと、もぎたてのぶどうの汁が染み出してくる。

聖女が裸足になって、ドレスの裾をくるぶしまで引き上げ、民謡を歌いながらぶどうの果汁絞りをするなんて、誰が想像するだろう。王太子がイアンだったら、絶対にこんな行動は許してもらえなかっただろう。

ふとダレンのほうを見ると青い瞳と視線が絡み合う。

「マリー、うまいじゃないか」

「ふふっ、ありがとうございます。いつか時間に余裕ができたら、自家製の果実酒作りをしようかしら」

「いいね。庭師にぶどうを育てさせようか。一緒に収穫したら自家製の果実酒を作って、屋敷のバルコニーから景色を眺めながらふたりでそれを飲もう」

「素敵なアイデアです。憧れてしまうわ」

ダレンはいずれプレゼ国の国王になり、マリーアンジュは王妃となる。そんな悠々自適な暮らしなど夢のまた夢だ。けれど、なぜかダレンとなら実現できるような気がしてしまうから不思議だ。

「マリーが楽しんでいるようでよかった」

「え？」

「マリーはいつも、よい聖女、よい王太子の婚約者であろうと気を張っているだろう？　でも今の笑顔は、子供の頃のようだ。今回の視察は仕事の一環だが、少しは息抜きになっているようだな」

マリーアンジュを見つめるダレンが、ふっと優しく微笑む。

「さてと。まだ見たい場所がたくさんあるから、そろそろ次に行こうか」

ダレンの掛け声で、周囲に控えていた人々が一斉に出発の準備を始める。マリーアンジュはトーダ領主と話しているダレンの横顔をうかがい見た。

（もしかしてダレン様、わたくしのために？）

ダレンが突然果汁絞りを自分もやると言い出した理由が、それ以外に思いつかない。彼の優しさに、マリーアンジュは口元を綻ばせた。


結局、マリーアンジュ達は翌日もトーダの町を少し見てから帰途についた。王宮に着いた頃には、すっかり夜の帳が下りていた。

「マリー。今日は王宮に泊まっていくだろう？　せっかくだからこのあと、もらった果実酒を少し飲まないか？」

馬車を降りたマリーアンジュに、ダレンが声をかける。

「果実酒？　はい、ぜひ！」

ダレンの誘いに、マリーアンジュは笑顔を見せる。トーダの領主から、お土産にとぶどうの果実酒を何本かもらったのだ。

「では、準備させてマリーの部屋に届けさせよう。俺もあとで向かう」

ダレンは片手を上げると、軽くマリーアンジュに手を振った。

ダレンがマリーアンジュの部屋を訪ねると、彼女は楽なワンピースに着替えて出迎えてくれた。ゆったりとしたラインは細身の彼女にとても似合っている。

「マリー。聖女の勤め、ご苦労さま」

マリーアンジュをねぎらい、グラスに薄い琥珀色の液体を注ぐ。ふわりと芳醇な香りが鼻孔をくすぐった。

「ありがとうございます」

グラスをマリーアンジュに手渡すと、彼女はそれを鼻に寄せた。

「いい香り」

マリーアンジュは鼻から大きく息を吸い込む。そして一口含むと、目を輝かせる。

「美味しい」

「気に入った？」

「はい。ぶどうからできているのに、なんだかりんごの果実酒みたいですね」

マリーアンジュはグラスを傾けると、果実酒を飲み干して笑顔を見せる。ダレンも一口飲んでみると、甘い香りに反して思ったよりもきりっとした飲み口だ。マリーアンジュの言う通り、どこかりんごのような風味を感じなくもない。

「こうしてマリーとふたりきりで飲むのは、初めてだな」

「……そうですね」

マリーアンジュは少し考えるような仕草を見せて、笑顔で頷く。片手の人さし指を顎に当てるのは、昔から彼女が考えを巡らせるときの癖だ。

（ああ、可愛いな）

ふとした仕草にすら、愛おしさを感じる。顔がにやけないようにするのが大変だ。

「それにしても、ダレン様は民の心を掴むのに長けていて尊敬してしまいました」

「俺が？」

「はい。道中で民に手を振り返したり、彼らと一緒になってぶどうを搾ったり。皆に〝親しみやすい王室〟という印象を与えられたと思います」

「ありがとう」

ダレンは表情を綻ばせる。ダレンは物心ついたときにはすでにヘイルズ公爵家に養子に出されていた。王位継承権は持っていたものの、自分としてはただの一貴族であるという意識が強い。手を振り返したのは無意識だったのだが、マリーアンジュがそれで喜んでくれるならよかったと思う。

それに、ぶどうの果汁搾りをやると言い出したのは別に自分がやりたかったわけでも、あそこにいる人々からの印象をよくするためでもない。彼らを見つめるマリーアンジュの瞳に羨望の色を見て取ったからだ。

マリーアンジュがふわっとあくびを噛みつぶす。白磁のように白い肌は、アルコールのせいでピンク色に色づいて、えもいわれぬ色香が漂っていた。

ダレンはマリーアンジュがお酒をたしなんでいるところを何回か見たことがあるが、いつも少量しか飲んでいなかった気がする。元々、そんなにお酒に強くないのかもしれない。

その上、この三日で長距離を移動して浄化、五穀豊穣、防災と三つも祈りを捧げ、さらには慣れない乗馬で町を見て回ったので疲れがたまっているのだろう。

ダレンはマリーアンジュの肩を抱き寄せる。

「あ、申し訳ございません」

マリーアンジュはダレンに寄りかかった体を起こそうとしたが、「気にするな」と言うと、素直に彼に体を預けてきた。

　よっぽど疲れていたのか、やがて規則正しい寝息が聞こえてくる。ダレンはマリーアンジュの顔を覗き込む。

「きみの寝顔を見るのは、二度目だな」

　一度目は一昨日の行きの馬車の中で、二度目は今だ。

　まだ眠りが浅いのだろう。長いまつげが揺れる。

（民の心を掴むのに長けている、か……）

　ダレンはマリーアンジュの先ほどの褒め言葉を思い出し、苦笑する。

「きみの心は、いつになったら掴めるかな？」

　一番欲しい人の心は、いまだ自分のものになりそうにない。以前に比べればだいぶダレンのほうを向いてきたとは思うが、まだ足りない。

　もっと自分を好きになればいい。もっと自分だけを見るようになればいい。

　幼い頃から恋い焦がれた相手とようやく婚約することができたのに、どんどん欲深くなる。

（いっそ俺に溺れて、俺なしでは生きられなくなればいい）

　そんなほの暗い感情は、マリーアンジュの前では決して出さない。マリーアンジュは無垢な寝顔をさらして、気持ちよさそうに寝息を立てている。

「おやすみ、俺のマリー」

ダレンはマリーアンジュを抱えてベッドに運んでやると、そっと唇にキスをした。

その後自分の執務室に戻ったダレンは、執務室の前に人が立っているのに気づいた。

「どうした、バルトロ？」

ダレンはそこにいる人物に声をかける。

さらさらの薄茶髪の髪をひとつにまとめた温和な雰囲気の男——バルトロ＝コルシーニは、ダレンが養子に出されたヘイルズ公爵家と懇意にしているコルシーニ侯爵家の嫡男で、現在ダレンの側近をしている。

「少々気になる動きがありまして、ご報告を」

バルトロは抑え気味の声で告げると、薄茶色の目でダレンを見つめる。

「入れ」

ダレンは執務室のドアを開けると、バルトロを招き入れた。そして、自分は執務椅子に座り、正面に立つバルトロに鋭い視線を向ける。

「それで、気になる動きとは？」

「ルシエラ侯爵が先日、リットン男爵と接触しました。どうも、ルシエラ侯爵家がリットン男爵家に融資をするようです」

「へえ。それは興味深いね」

ルシエラ侯爵家の当主――サラート＝ルシエラは、ダレンの実兄である元王太子――イアンを強く支持していた貴族の筆頭だ。イアンが失脚する原因となったメアリーのことはよく思っていないはず。そのサラートがリットン男爵家に融資をするなど、奇妙な話だ。

（何が狙いだ？）

ダレンは腕を組む。一方のバルトロはさらに報告を続ける。

「その後、ルシエラ侯爵がユリシーズ国に行ったようです。なんでも、回復の聖女のことを調べて回っていたとか」

「回復の聖女だと？」

ダレンはバルトロの言った聞き慣れない言葉を復唱する。

「回復の聖女というからには、回復の能力が高いのか？」

「ほとんど全ての病、怪我を治癒させるとか」

厄介だな、と思った。その聖女がもしもイアンの治癒を行ったら、彼は元通りの健康な体を取り戻してしまうかもしれない。

「それで、ルシエラ侯爵は回復の聖女に接触できたのか？」

「今のところ、直接の接触はできていないかと」

バルトロは首を横に振る。

「わかった。報告ご苦労。引き続き、監視を頼む」

「かしこまりました」

ダレンのねぎらいに、バルトロは右手を胸に当てて頭を下げる。

執務室にひとりになったダレンは背もたれに寄りかかり、プレゼ国の貴族名簿を眺めた。

「ルシエラ侯爵か……」

十中八九、サラートの狙いは体を壊して政界を引退せざるを得なかったイアンの復権だ。

サラートはイアンの支持者の筆頭だった。イアンが王太子であれば強い発言権を持っていたのに、彼が政界から退いてしまったので急激に影響力が薄れている今、なんとかしようと焦っているのだろう。

「小者だからと放っておいたが、早めに芽を摘むべきかな」

ダレンは小さな声でつぶやくと、『サラート＝ルシエラ』の文字を黒インクで塗りつぶした。

◇　◇　◇

国内の有力貴族といい関係を築くことは、将来の王太子妃として大切なことだ。そのため、王太子がイアンからダレンに変わって少し時間に余裕ができたマリーアンジュは、空いた時間を利用して積極的にお茶会を開くようにしていた。

高位貴族の夫人と親しくしているとその家門を重んじていることをアピールすることができ

るし、概して女性は男性よりもお喋りが好きなので色々な情報も入ってくるのだ。

その日、マリーアンジュは特に親しくしているプレゼ王立学園時代からの友人数人を王宮に招こうと準備をしていた。すると、トントントンとドアをノックする音がした。

「はい？」

まだ友人達と約束した時間まで二時間はある。いったい誰だろうとマリーアンジュはドアのほうを振り返る。

「マリー！　あらっ、今忙しかったかしら？」

そこに現れたのは、もうひとりの聖女であり、現プレゼ国王妃でもあるシャーロットだった。いつも美しい金髪を丁寧に結い上げており、上品な美人だ。

「今日はこのあと、友人を招いてお茶会の予定なのです。でも、まだ約束の時間まで二時間はどありますから大丈夫です」

「そうなのね。じゃあ、手短に。どうしてもマリーに伝えたいことがあって」

いつも穏やかなシャーロットには珍しく、今日の彼女はどこか興奮しているように見えた。

（伝えたいことって何かしら？）

マリーアンジュは、首をかしげる。シャーロットの表情から察するに悪いことではないだろうが、いったいなんの話なのか全く想像がつかなかった。

「昨日、イアンの見舞いに離宮に行ったのだけど、イアンに触れたら先見の力が発動したの」

シャーロットは少し早口に昨日の話をし始める。

先見の力とは、シャーロットだけが持っている、ある対象の人に触れるとその人の未来が断片的に見えるという特別な力だ。

「先見の力が？　それで、どんな未来が？」

マリーアンジュは気になり、シャーロットに先を促す。

「イアンが、乗馬をしている光景が見えたの！」

シャーロットは興奮気味に、そう言った。

「え？」

マリーアンジュは言葉を詰まらせる。

（乗馬ですって？）

イアンは魔獣に襲われ、瀕死の重傷を負った。そのため、右肘から下を失い、腰骨も曲がってまともに歩くことはおろか起き上がっていることもままならない。そのイアンが乗馬をするなど、無理な話だ。

「それは……」

マリーアンジュはなんと返すか迷い、言葉に詰まる。

シャーロットの先見の力が発動したときに見えた未来は、高確率で現実のものとなる。ただ、この力は万能ではなく、時に外れることもあった。

おそらく今回は外れだろうと、マリーアンジュは思った。

あの状態のイアンを治すことなど、誰にもできない。だが、母として純粋に息子が回復するかもしれないという希望に縋(すが)っているシャーロットにそれを言うのは酷に思えた。

「本当にそうなるといいですね」

マリーアンジュは、しばし逡巡(しゅんじゅん)してから無難な台詞(せりふ)をシャーロットに返す。

「ええ。わたくし、ただただ嬉しくて。戻ってきたら真っ先にマリーに話しに来てしまったわ。陛下とダレンったら、視察で夜まで不在みたいなのよ」

一刻も早くこの話をしたいのに、と言いたげに、シャーロットはぼやく。

「伝えたかったことはそのことよ。お茶会の準備前にお邪魔したわね」

「いいえ。王妃様から会いに来ていただけて嬉しかったです」

「まあ」

シャーロットは朗らかに笑う。

「わたくしとも今度、お茶をしましょうね」

「はい。ぜひ」

マリーアンジュも微笑んだ。

気心の知れた友人で集まると、自然と会話も弾む。

城下に新しくできたお店の情報や、舞踏会でのスキャンダルなど、友人達が話す内容にマリーアンジュは興味深く耳を傾ける。

「そういえば、メアリー様のご実家であるリットン男爵家が運営していたリットン商会が破産申告をしたらしいですわ。爵位を売るのも時間の問題ではないかと。それで、最近リットン男爵が、なんとか資金を調達できないかと、精力的に動き回っているとか」

そう言ったのは、オルコット侯爵令嬢のアビーだ。

「あら、そうなの？」

初耳の情報に、マリーアンジュは聞き返す。

メアリーは、かつて王太子でありマリーアンジュの婚約者でもあったイアンに取り入って、マリーアンジュが断罪されて婚約破棄を言い渡される原因をつくった。このことでマリーアンジュの父であるベイカー侯爵をひどく怒らせ、ベイカー侯爵はリットン男爵家を窮地に追い込ませるべく、あらゆる方法で手を回した。

古くから王家に仕える由緒正しき名門貴族――ベイカー侯爵家と、新興の成金貴族であるリットン男爵家。多くの貴族がどちらの味方につくかなど、火を見るより明らかだ。

結果として、リットン男爵家は顧客のほとんどを失い、今や没落の一途を辿っている。

「はい。父がそう申しておりました。複数の情報筋から同じような噂を聞いたようですので、信憑性は高いかと」

「へえ」

アビーは名門オルコット侯爵家の令嬢であり、彼女の父は政界で大きな力を持っている。そのアビーが『信憑性が高い』と言うなら、情報の確度は高いはずだ。

（資金調達ね……）

それに応じる貴族や有力者がいる可能性は低いが、注意しておいたほうがいいだろう。

「情報ありがとう。ダレン様とお父様にも、そのことについて聞いてみるわ」

マリーアンジュはお礼を言うと、紅茶を一口飲む。そして、せっかくなら明るい話題を聞きたいと思い、別の話を振った。

「ところで、ルシーの結婚式もいよいよ再来月ね。準備は進んでいる？」

「はい。今、準備の大詰めを迎えています。皆様、ぜひいらしてくださいね」

にこにこしながら答えるのはプレゼ王立学園時代からの友人――ルシーだ。ルシーはプレゼ王立学園のひとつ上の先輩――エネミー侯爵家嫡男のミハイルともうすぐ結婚することになっている。

「先日、注文していたドレスの仮縫いが終わったので、試着してまいりました」

「どんなドレスなの？」

友人のひとりが興味津々の様子で尋ねる。

「はやりのレースを取り入れたデザインにしてみました。色々と悩んだのだけど、ミハイル様が、それが一番似合っていると言ってくださったから――」

そのときのことを思い出したのか、ルシーは嬉しそうにはにかむ。その表情を見ただけで、ふたりがドレスを選ぶ幸せな光景が想像できた。

「当日を楽しみにしているわね」

マリーアンジュも思わず笑みをこぼす。

「はい。ありがとうございます。……マリー様はどうですか？」

「え？」

「だって、ダレン殿下との結婚式があるでしょう？　そろそろ準備で忙しくなってきたのではありませんか？」

今度は、友人達が一斉にマリーアンジュに注目する。

マリーアンジュとダレンとの結婚式は、婚約からおおよそ一年後に行われることになっている。そして、婚約はダレンの立太子と同時だったので、結婚式まではあと九カ月だ。

今はまだ文官達が中心となって段取りをしてくれているが、誰を招待するのか、どういう余興を行うのか、料理に何を出すか、参列へのお礼の品は何にするかなど、最終決定までにダレンとマリーアンジュ自身が確認しなければならないこともたくさんある。

「そうね。これから忙しくなると思うわ」

マリーアンジュは口元に笑みを浮かべ、頷いた。

その日の夜、マリーアンジュはダレンと一緒に食事をした。

「今日はお茶会があったんだっけ？」

「はい。プレゼ王立学園のときの友人達と。皆様、お変わりなく息災にしていらっしゃいました」

「それはよかった」

ダレンはマリーアンジュを見つめ、にこりと笑う。

「何か面白い話はあった？」

「えーっと」

マリーアンジュは人さし指を顎に当てる。

「大半は美味しいスイーツ店のお話などでした。あとは、ルシーとミハイル様の結婚式の準備が着々と進んでいるとか……。先日、ドレスの仮縫いが終わったそうですよ」

マリーアンジュはそのときのルシーの幸せそうな表情を思い出し、笑みをこぼす。

「そうか」

ダレンはマリーアンジュの話に相づちを打つ。

「そろそろ、マリーのドレスも作らないとだな。聖女の花嫁衣装ともなると、製作に時間がかかるだろう」

「わたくしの？」

マリーアンジュはキョトンとして聞き返す。

「わたくしの婚礼用ドレスは、もうありますわ」

マリーアンジュは元々、ダレンの兄のイアンと婚約していた。プレゼ王立学園を卒業したら結婚することになっていたので、ドレスもそれに合わせて前もって作っていたのだ。

「それは兄上との式で着る予定だったものだろう？　俺との結婚式のために作ったものではない」

「それはそうですが」

「俺との挙式には、俺が見立てたものを着てほしい」

「えっと……」

マリーアンジュは困惑した。

(ダレン様がこんな我が儘を言うなんて、珍しいわね)

婚礼用ドレスは普通のドレスよりも数段豪華で、そのぶん値段も桁違いだ。特に、マリーアンジュは王太子妃になるので至る所にレースをあしらい、真珠を縫いつけ、とても豪奢なつくりになっていた。その額は通常の舞踏会用のドレスがゆうに十着買えるほどだ。

「マリー。きみが俺以外の男に嫁ぐために用意されたドレスを身につけるなんて、俺が許せないんだ」

ダレンからは、そのドレスを結婚式で着ることは認めないという意思がありありと伝わってきた。

「……では、今度一緒にデザインを選んでいただけますか？」

「もちろん」

ダレンは蕩けるような笑みを浮かべた。青い瞳に真っすぐ射貫かれ、マリーアンジュの胸はどきんと跳ねる。

「あ、そういえば！」

マリーアンジュは動揺を隠すために、咄嗟に声を上げた。

「アビーから聞いたのですが、リットン男爵家が運営する商会が破産申告したことを、ダレン様はご存じですか？」

「リットン男爵家？」

ダレンは少し考えるように宙に視線を投げる。

「ああ、メアリーの実家か。もちろん知っている。きみのお父上が手を回したのだろう？」

「はい。そのようです」

マリーアンジュは頷く。

最近マリーアンジュの実家であるベイカー侯爵家はリットン商会と同じ事業——石炭事業に

参入し、豊富な人脈と資金を武器にシェアを急拡大させた。

　父親に直接確認したわけではないが、リットン商会の資金繰りが苦しくなったのは父がそう仕向けたからと考えて間違いないだろう。

「それがどうかしたのか？」

「リットン男爵家は爵位を売るか売らないかのぎりぎりで、今は金策に走っていると」

「らしいな。ルシエラ侯爵家が援助を申し出たらしい」

「ルシエラ侯爵家が？」

　マリーアンジュは聞き返す。

　ルシエラ侯爵家は、イアンを強力に支持していた家門のひとつ。リットン男爵家とルシエラ侯爵家が懇意にするなど、嫌な予感しかない。

（何もないといいけど）

　眉を寄せるマリーアンジュの眉間を、ダレンが指先で触れる。

「心配しなくても大丈夫だから、そんな顔するな」

「はい。それと……もうひとつ気になることが」

「何？」

「ダレン様は今日、王妃様とお話ししましたか？」

「いや、話してない。視察から帰ってきたときに部屋に行ったが、ちょうど不在だった。母上がどうかしたのか？」

　ダレンは首を横に振る。

「実は、先見の力でイアン殿下が乗馬する姿が見えたと。とはいっても、イアン殿下はあの状態ですので……。今回の先見が外れているのか、それとも――」

「……へえ。じゃあ、うまく接触できたんだな」

「ダレン様？」

　ダレンがつぶやくように言った台詞の意味がわからず、マリーアンジュは戸惑った。うまく接触できたとは、なんのことだろうか。それに、ダレンの表情が剣呑さを帯びた気がしたのだ。

「ああ、ごめん。なんでもない」

　訝しげな表情で自分を見つめるマリーアンジュに気づいたダレンは、にこっと微笑む。

「どちらもきちんと把握しているから、大丈夫だ」

「そうなのですか？」

「ああ。マリーの心配の種は、全て俺が取り払ってやる」

　ダレンは慈しむようにマリーアンジュの頭を撫でると、そっと彼女と唇を重ねた。

◇　ルシエラ侯爵の憂い

ルシエラ侯爵家当主――サラート＝ルシエラは、今さっき届いた手紙を読み返す。

「これは、本当なんだな？」

「はい。部下が実際にユリシーズ国まで赴き、効果を確認してまいりました。瀕死の重傷を負った怪我人を、一瞬で癒したと」

手紙を持ってきた部下はサラートを見つめ、頷く。

「よくやった。でかしたぞ！」

サラートは大きな声で慰労する。興奮で、手紙を持つ手が震えた。


――三カ月ほど前のこと。第二王子――ダレンの立太子式典が行われた。

王宮からは新王太子ダレンと彼の婚約者となった聖女マリーアンジュが朗らかに微笑み片手を振っている。集まった民衆が歓声を上げて笑顔で手を振り返す中、サラートはどこか現実感なく、その光景を眺めた。

（こんなはずではなかった……）

ルシエラ侯爵家は、プレゼ国ではそれなりの権力がある侯爵家だ。当主であるサラートは野心家で、自分の代でルシエラ侯爵家の権力を必ず拡大しようと、強く決意していた。

だから、ルシエラ侯爵家が王太子であるイアンを強力に支持して彼に取り入ったのは、当然のことだった。

なぜなら、イアンはプレゼ国の第一王子であり、将来は国王になることが約束されている。彼に取り入っておけば、ゆくゆくは国王の側近として権力を物にすることができるのだ。

イアンはサラートから見て、あまり聡明な王太子ではなかった。執務のほぼ全てを側近のダレン及び、婚約者であるマリーアンジュに押しつけて、自分はほとんど何もしていない。そのくせ、言うことと態度は誰よりも大きい。

しかし、サラートはそれでもいいと思っていた。なぜなら、多少聡明さが欠けるくらいのほうが、手のひらで転がしやすいから。

万事がうまく進んでいる。そう思っていたのに——。

サラートはぐっと拳を握りしめる。

（よりによって、ダレン殿だとは）

自身を支持するルシエラ侯爵家を重用していたイアンとは異なり、ダレンはルシエラ侯爵家と一歩距離を置いている。このままでは、ルシエラ侯爵家は権力拡大どころか、中央政権からはじき出されてしまう可能性すらある。

（なんとかしなければ）

そう思ったサラートは、すぐにダレンに取り入ろうと画策した。しかし、当のダレンは含み笑いを浮かべるだけで、一向に距離感は縮まらない。その態度に、サラートはダレンが自分と懇意にするつもりがないことを悟った。

サラートは自分の行いを振り返る。己が間違ったとすれば、それはイアンの浅はかさを見誤ったことだ。まさか、多くの貴族の子息、令嬢が集まる卒業記念式典で、あんなことをしでかすなんて。

『くそっ。あの女が余計なことさえしなければ!』

これもそれも、あの女――新興男爵家のひとり娘がイアンを誑かしたからだ。サラートは激しい怒りを感じ、ぎゅっと拳を握りしめる。

(もうこのまま、ルシエラ侯爵家は衰退するしかないのか)

そう思っていた――。

「神は私を見捨ててはおられなかった」

サラートは胸に手を当て、天を仰ぐ。

ここにきて、ルシエラ侯爵家にとって都合のいい動きがふたつある。

ひとつは、リットン男爵家が資金援助を必要としていること。ここで金を貸せば、ルシエラ侯爵家はリットン男爵家に大きな貸しをつくることができる。目障りなあの娘を恒久的にイアンから遠ざけることも可能なはずだ。

ふたつ目は、この手紙だ。

サラートは手紙をもう一度読み返す。そこには、隣国ユリシーズ国にいる聖女について、詳細が書かれていた。〝回復の聖女〟である彼女は、一瞬にしてどんな病も治してしまうと。

「この聖女に、イアン殿下を治癒させれば――」

イアンが王太子に戻れば、ルシエラ侯爵家は安泰だ。

サラートはひとりほくそ笑むと、筆を手に取ったのだった。

◆第二章　反逆勢力の暗躍

王都から南西に、馬車で半日以上かかる郊外の田舎町。

澄んだ湖が人気の景勝地であるこの町にある離宮の一室に、大きな怒鳴り声が響いた。

「何度言えばわかる！　さっさとしろ！」

「申し訳ございません」

怒鳴られたメイドは、震えを必死に抑えて頭を下げる。

「お前では話にならない！　メアリーを呼べ！」

「メアリー様は体調が優れないそうです」

「昨日もそう言っていた！　一昨日（おととい）もだ！」

「申し訳ございません」

謝ることしかできず、メイドは頭をますます低くした。

前王太子であるイアンがこの離宮に来てからというもの、この罵声は日常茶飯事だ。思い通りにならない体に、苛立（いらだ）ちを周囲に仕える者達にぶつけてくる。

そのせいで、最近はこの離宮全体がどんよりとした空気に包まれていた。

「くそっ、どいつもこいつも使えない」

イアンは忌々しげにつぶやくと、左手でぐしゃりと自分の髪の毛をかき乱す。

「それもこれも、全部マリーアンジュとダレンのせいだ」

イアンはぎりっと奥歯を噛みしめた。

元婚約者にしてこの国の聖女――マリーアンジュに婚約破棄を宣言したのはプレゼ王立学園の卒業記念式典でのことだ。

プレゼ王立学園時代、元々マリーアンジュのことを疎ましく思っていたイアンの目の前に現れたのは、天真爛漫な男爵令嬢――メアリー＝リットンだった。イアンはメアリーに次第に惹かれていった。

しかし、王太子は聖女を娶ることが国の規律により決められている。そのため、イアンはメアリーとどんなに想い合っていても、結ばれることはないとわかっていた。

障害があると、恋はより燃え上がる。

なんとかメアリーを妻にすることができないかと考えていたある日、イアンのもとにメアリーからもたらされたのは『聖女の力は他の人に移すことができる』という情報だった。

――ならば、聖女の力をメアリーに移して、彼女が聖女になればいい。

そう思ったイアンはマリーアンジュに婚約破棄を告げ、彼女に全ての聖女の力をメアリーに移動させることを命じた。

これで全てが思い通りになる。

そう思っていたのに、それは破滅への序章だった。

元々聖女ではないメアリーは、聖女としての務めを果たすことができず、浄化がおろそかになりプレゼ国の各地で瘴気が濃くなった。そしてついに、西の外れ——リゴーン地方に魔物が現れたのだ。

そこから先のことは思い出したくもない。

魔獣の討伐に行ったイアンは逆に魔獣に襲われ、片腕を失う瀕死の重傷を負った。大怪我の後遺症により日常生活もままならなくなり、王太子の座も弟のダレンに奪われた。

そして、イアンはメアリーと共にこの離宮へと送られ隠居生活を送ることになったのだ。

「くそっ!」

病床で最後に見た、ダレンの哀れむような、そして勝ち誇ったかのような顔が忘れられない。今思い出しても、屈辱で手が震える。

(こんなはずじゃなかった……。俺は王太子として君臨しているはずだったのに)

肘までしかない自分の右腕を見て、また怒りが込み上げる。

そのとき、トントントンとドアをノックする音が聞こえてきた。

「メアリーか?」

パッと顔を上げたイアンは、ドアの隙間から見えるのが執事だと気づくとがっかりした。よくよく思い返せば、メアリーはノックなどせずにイアンの部屋に好き勝手に入ってきていた。

少し考えればメアリーではないことなど、すぐにわかりそうなものなのに。

「なんの用だ？」

剣呑な眼差しを向けるイアンを、執事は物怖じせずに見返す。

「殿下にお客様でございます」

「客？　俺に？」

イアンは意外に思う。

王太子の肩書きがなくなると、自分の周りにいた取り巻きの貴族達は呆気なく去っていった。皆、イアンを支えたいと思っていたのではなく、王太子に取り入りたいと思っていただけなのだという事実を知り愕然とした。そんなイアンに会いに来る客など、心当たりがない。

「誰だ？」

「ルシエラ侯爵です」

「ルシエラ侯爵だと？」

イアンは聞き返す。

ルシエラ侯爵家はプレゼ国内でそれなりに力を持つ家門で、現当主のサラートはイアンの有力な支持者のひとりだった。黄土色の髪を後ろにまとめた、三十代半ばの彫りの深い男の顔が脳裏によみがえる。

「通してくれ」

「かしこまりました」

執事は慇懃な態度で腰を折ると、サラートを呼びに行く。

「殿下、ご無沙汰しております」

ほどなくして現れたサラートは被っていた帽子を片手で取ると、イアンに丁寧に頭を下げる。

「調子はいかがですか？」

「お前の目には、いいように見えるのか？」

苛立ちを含んだ声で逆に聞き返すと、サラートは小さく肩をすくめる。

「これは失礼いたしました」

「まあ、いい」

イアンは息を吐く。

「それより、こんな所まで会いに来るとは珍しいな？」

「お見舞いが遅くなり申し訳ございませんでした。色々と動いていたもので。実は、ユリシーズ国に行っておりました」

「ユリシーズ国？」

イアンは聞き返す。

ユリシーズ国はプレゼ国の隣国だが、サラートの口からその名が出るのは意外だ。

「なぜルシエラ卿がユリシーズ国に？」

イアンが不思議に思うのも無理はなかった。ルシエラ侯爵領はユリシーズ国の国境とは遠く離れた地にあるし、サラートが外交の仕事をしているという話も耳にしたことがなかったからだ。

「殿下をお助けするためです」

「俺を助ける、だと?」

イアンは眉間に皺を寄せる。ユリシーズ国に行くと、なぜ自分を助けることになるのか、繋がりが見えなかったのだ。

「はい。殿下は魔獣に襲われて瀕死の重傷を負ったことから、今もお体に不自由がございます。実は、私は密かに殿下のお体を元通りに回復させる方法はないかと治療法を探しておりました」

「……そんなものは、ないだろう」

イアンはぶっきらぼうに言い放つ。イアンはプレゼ国の王室が抱える国一番の医師団の治療を受けた。彼らをもってしても、これ以上は手の施しようがないと言われたのだ。

「いいえ。可能性を見つけてきました」

「可能性?」

イアンはサラートに聞き返す。

「はい。聖女の力を借りるのです」

サラートの答えに、イアンは心底がっかりした。

魔獣に襲われた日、イアンのことをその場でマリーアンジュが治療し、さらに祝福を与えた。そのお陰で一命は取り留めたものの、このざまだ。

プレゼ国にいる聖女は、イアンの母であるシャーロットとマリーアンジュのふたりだけ。そして、イアンはそのふたりから治癒を受けている。それでも回復は無理だった。

それを伝えると、サラートは含みのある笑みを浮かべる。

「それが、有力な情報を入手したのです」

「なんだと？」

「先ほど私は、ユリシーズ国に行ったとお伝えしましたね。ユリシーズ国は聖地を抱く湖のある国。数十年おきにしか聖女が現れない我が国と違い、多くの聖女がいることはイアン殿下もご存じでしょう？」

「……無論、知っている」

本当は知らなかったが、それを言うのは癪なのでイアンは鷹揚に頷く。

「ユリシーズ国には、〝回復の聖女〟がいるそうなのです。その名の通り、医師では治せない怪我や病気を治癒させる能力があります。その聖女に殿下のお体を見てもらえれば、もしかすると今よりずっとよくなるかもしれません」

「回復の聖女……」

イアンはサラートが告げた単語を、小さな声で復唱する。

聖女には、聖女にしかできない特別な力がある。浄化、五穀豊穣、防災、付与、それに加えて、聖女固有の能力がひとつだ。

聖女固有の能力はその聖女によって千差万別であり、イアンの母であるシャーロットは未来の出来事が断片的に見える〝先見の聖女〟、マリーアンジュは災いを遠ざけ幸せを呼ぶ〝祝福の聖女〟だ。

イアンの気持ちは昂（たかぶ）る。

「その聖女に頼めば、俺の体は元に戻るのか？」

「わかりません。しかし、試す価値はあるかと。殿下はこんな所にいるべきお方ではございません。我が国の民を導くお方です」

サラートは真剣な眼差しを、イアンに向ける。

（俺はこんな所にいるべきではない……）

その言葉は、イアンの自尊心を大いにくすぐった。

幼い頃から王太子として育てられ、自分が国王になると信じて疑ったことなどなかった。それが今は、養子に出されたはずの弟がちゃっかりとその座に納まり、イアンは田舎の離宮に追いやられている。イアンにとって、耐えがたい屈辱だ。

「よし。すぐにその聖女を呼び寄せろ。父上と母上には、俺からも手紙を出そう」

「承知いたしました。全力を尽くします」

サラートは胸に手を当て、深くお辞儀する。

イアンはその後ろ姿を見つめながらも、興奮を抑えることができなかった。

(俺の体が元に戻る……)

イアンが廃嫡されたのは、この体のせいだ。王太子の任務をこなせないと見なされ、ダレンにその座を奪われた。

しかし、体が元に戻るなら――。

「プレゼ国の王太子は俺だ」

養子に出されたはずの弟が王太子になり、幼い頃から王太子として育てられた自分が臣下。

そんなことが許されるはずがない。

「今に見ていろよ」

自分に屈辱を与えた全ての人間に、報復を。

今まさに、その可能性が現実味を帯びてきたのだ。

それは、トーダから王都に戻って三週間ほどした日のことだった。
いつものように王宮に執務をこなしにやって来たマリーアンジュは、そこに届けられた手紙

を見て目を瞬かせる。

「珍しいわね」

上質紙を使った手紙は、王妃であるシャーロットから届いたものだった。

マリーアンジュへ
今日の夕方、陛下とダレンも一緒に四人で食事をしましょう。
楽しみにしているわ。

シャーロットより

マリーアンジュは文面を読み、口元を綻ばせる。

イアンが必要最低限しかマリーアンジュと食事を共にしようとしなかったのに対し、ダレンは可能な限り彼女と食事を共にしようとする。それを知ったシャーロットが「わたくしもご一緒したいわ」と言い出し、たびたびこうして食事に誘ってくれるのだ。

（時間までに残った仕事を片づけてしまいましょう）

壁の時計を確認したマリーアンジュは、早速仕事に取りかかった。

集中すると、時間の流れが早く感じる。

書類に目を通していたマリーアンジュは、部屋のドアをノックする音に気づき顔を上げた。

侍女のエレンがドアを開けると、そこにいたのはダレンだった。

「マリー、迎えに来た。晩餐室まで一緒に行こう」

「え？　もうそんな時間？」

マリーアンジュは今読んでいた書類を机の上に置き、時計を見る。いつの間にか、先ほど時刻を確認したときから二時間が経過していた。

「何か急ぎで処理する必要があるなら、手伝うよ」

ダレンは執務机越しに、マリーアンジュの手元を見る。

「いえ、大丈夫です。今日やるべきことは終わっています」

今見ていたのは明日以降確認すればいい書類だ。

「そう？　じゃあ、行こうか」

「はい」

ダレンが手を差し出したので、マリーアンジュはそこに自分の手を重ねる。優しく握られ、手を引かれた。

マリーアンジュ達が晩餐室に行くと、国王夫妻はすでに席に着いていた。

「お待たせして申し訳ございません」

マリーアンジュはふたりの姿を見て、慌てて謝罪する。

(少し早いくらいかと思っていたのに、失敗したわ)

一方のシャーロットは、ダレンとマリーアンジュを見て朗らかに笑う。

「謝らなくていいのよ。わたくし達が早く来すぎていたの。だって、四人で食事するのは久しぶりでしょう？　さあ、ふたりとも座って」

シャーロットはにこにこしながら、自分の向かいの席を指す。

マリーアンジュとダレンが着席すると、次々に料理がテーブルに運ばれてきた。

一時間ほど歓談したところで、シャーロットが目配せするように国王のほうを見る。

(王妃様、今日はなんだかそわそわしているように見えるけど気のせいかしら？)

マリーアンジュはいつにないシャーロットの様子を不思議に思う。

そのとき、国王がタイミングを見計らったように「実は、お前達に伝えておかねばならないことがある」と切り出した。

「伝えておかねばならないこと？」

ダレンが聞き返す。

「再来週、隣国のユリシーズ国から聖女がひとり来ることになった」

「再来週、隣国ユリシーズ国の聖女が？」

ダレンが聞き返す。その表情は驚いているように見えた。

（聖女が来る？）

マリーアンジュもダレン同様、それを聞いて驚いた。

聖女はどの国にとっても、とても貴重な存在。そのため、他国に聖女の力を貸すことは滅多にない。万が一他国に貸した聖女を返してもらえないと、その国にとって大打撃となるからだ。

「今回の訪問は、公式訪問ではないの。実は、イアンのことを知ったユリシーズ国のクロード王子が、あの子の後遺症を治せるかもしれないと申し出てくださって――」

「クロード王子が？」

ダレンはシャーロットに聞き返す。

「ユリシーズ国は聖地に近く、何人もの聖女がいることはあなた達もよく知っているでしょう？　その聖女のひとりが〝回復の聖女〟らしいのよ」

「回復の聖女……」

「ええ。その名の通り、医師では手の施しようがない怪我や病を治癒して、元通りに回復させる能力があるそうよ。それで、イアンのことを知ったクロード王子が、彼女をプレゼ国に派遣してくださると。先日のわたくしが見た先見はやっぱり当たっていたのね！」

シャーロットは喜びを抑えきれない様子で説明する。

魔獣に襲われて瀕死の重傷を負ったイアンには、プレゼ国の医療技術ではどうにもならない後遺症が残った。右腕の肘から下を失い、腰を骨折したことで長時間起き上がることすらままならない。

シャーロットはそのことにとても心を痛めていたので、イアンの体が治るかもしれないという一筋の光明が差したことに喜びを隠せないようだ。

「なるほど、そういうことですか」

ダレンはシャーロットの話を聞きながら、相づちを打つ。

「しかし、ユリシーズ国は聖女の力を貸すことに、よく同意しましたね」

ダレンの疑問はもっともだった。

聖女には全聖女が共通して持つ能力とその聖女特有の能力があるが、〝回復〟の能力は回復の聖女特有の希有な力だ。ユリシーズ国内だけでも治療してほしい人々から引く手あまただろうに。

「実は、ルシエラ侯爵が調整してくれたのだ」

国王が補足する。

「ルシエラ侯爵が?」

ダレンは訝しげに聞き返す。

（ルシエラ侯爵……）

その名前を聞き、マリーアンジュはどきりとした。つい最近、ダレンからルシエラ侯爵家がリットン男爵家に融資を申し出たらしいと聞いたばかりだったから。

ルシエラ侯爵家はプレゼ国内では中堅かやや大きいくらいの規模の侯爵家だ。そして、当主のサラートはイアンを支持する貴族の筆頭だった。

ダレン達の会話に耳を傾けるマリーアンジュの脳裏に、黄土色の髪をひとつにまとめた、三十代半ばの中肉中背の男の顔が浮かぶ。

イアンが廃嫡されたことにより、ルシエラ侯爵家はここ最近急激に政界への影響力を失っている。なんとかして、イアンを要職に戻したいと考えているのだろう。

マリーアンジュは隣に座るダレンをうかがい見る。

イアンの大怪我は、直接的ではないもののダレンとマリーアンジュにも原因の一端がある。ダレンは今の話を聞いて、どう思ったのだろうと思ったのだ。

しかし、ダレンの表情からはなんの感情も読み取ることはできなかった。

「父上。ひとつお願いがあるのですが――」

「なんだ？」

「兄上の治癒の際は、私とマリーアンジュも同席させていただけないでしょうか？」

国王は少し逡巡するような様子を見せたが、すぐに頷いた。

「いいだろう。お前達もイアンの体調は気になるだろうからな」

「ありがとうございます」

ダレンはにこりと微笑む。

「マリーもいいね？」

ダレンから確認され、マリーアンジュは「もちろんです」と頷く。

イアンがどういう状態であるかはしっかり認識しておくべきだと、マリーアンジュも思っていた。本当にイアンが元通りに回復すれば、彼は間違いなく今滞在している離宮からこの王宮に戻ると言い出すだろう。

（何もなければいいいけれど……）

なんとなく不安を感じたマリーアンジュは、それを打ち消すように小さく首を振る。

ダレンはすでに立太子していて、マリーアンジュは彼の正式な婚約者だ。この状況を今さら覆すことは難しいはず。

（回復の聖女か。どんな方かしら？）

プレゼ国では数十年おきにしか聖女が生まれないので、マリーアンジュはシャーロット以外の聖女に会ったことがない。その聖女に会うのが楽しみでないと言えば、嘘になる。

マリーアンジュは気を取り直すと、食事を口に運ぶ。口に入れたボイル野菜は、少し冷めていた。

ユリシーズ国の聖女がやって来る日はあっという間に訪れた。

彼らの到着が予定されている日、マリーアンジュはいつものように早朝から大聖堂に赴き、浄化の祈りを捧げた。

「光の精霊よ、我々に力を。この地に聖なる光を」

祭壇の前で両手を組み、祈りを捧げる。

光の精霊がマリーアンジュの声に応えて祭壇に光の粒子が舞い降り、その輝きは四方八方に広がりやがて消える。その光景を見届けてから、マリーアンジュは立ち上がった。

「朝のお務め、お疲れさまでございます」

話しかけてきたのは、背後に控えていた大司教だ。大司教はいつものように、ゆったりとした動作で頭を下げる。

「わたくしの役目ですから。何も変わりありませんか？」

「はい。マリーアンジュ様の浄化の力は各地にしっかりと行き届いており、どの地域にも不浄の気配は見られません」

「そう。よかったわ」

マリーアンジュは微笑む。

浄化は聖女であるマリーアンジュの最も重要な役目。その役目がしっかりと果たせていることにホッとする。

務めを終えたマリーアンジュは、その足で王宮にある自身の執務室へと向かった。その最中、廊下の向こうが騒がしいことに気づいた。遠目に、近衛騎士が集まっているのが見える。

（あら？）

近衛騎士の中心に、車椅子に乗る男性と、それを押す侍女の姿が見えた。

「あれは、イアン様？」

車椅子に乗っているのはかつての婚約者——イアンに見えた。イアンはマリーアンジュに気づいておらず、真っすぐに進行方向を見ている。

（ユリシーズ国から聖女様がいらっしゃるから、王宮に戻っていらしたのね）

ダレンからは何も聞いていないので、おそらくまだ戻ってきたばかりだろう。

マリーアンジュは立ち止まり、その一行を眺める。彼らは廊下の角を曲がり、やがてその姿は完全に見えなくなった。

マリーアンジュが、ユリシーズ国の一行が間もなく到着するという知らせを受けたのは、お昼を過ぎた頃だった。執務室で仕事をしていたら、ダレンが呼びに来たのだ。

「王宮のエントランスに出迎えに行く。一緒に行こう」

「はい」

マリーアンジュはダレンにエスコートされ、出迎えのためにエントランス前に並ぶ。間もなく、馬車の列が遠目に見えた。滞在期間は到着と出発の日を含めて三日間と、とても短い。荷物が少ないからか、全部で三台とこぢんまりしていた。

隊列の真ん中を走る一番立派な馬車が、マリーアンジュ達の前に停まった。

（あ、出ていらしたわ）

馬車から降りてきたのは、マリーアンジュとそう変わらぬ年頃の若い女性だった。

（この方が回復の聖女……）

とても肌の色が白く、背中まで伸びた艶やかな黒髪のためか、より肌の白さが際だって見えた。異国の王宮が物珍しいのか、少しおどおどした様子で周囲を見回している。

「聖女殿、プレゼ国へようこそ。私はプレゼ国王太子のダレン＝ヘイルズです」

「温かなお出迎え、痛み入ります。ユリシーズ国第七の聖女、ナタリー＝シスレーでございます」

黒髪の女性——ナタリーがお辞儀をする。声が小さく、マリーアンジュは彼女から〝おとなしい〟という印象を受けた。

「わたくしはマリーアンジュ＝ベイカーです。プレゼ国の聖女です」

続いてマリーアンジュもナタリーに挨拶をする。

「よろしくお願いします。マリーアンジュ様」

「長旅、お疲れでしょう？　まずは部屋にご案内させていただきますね。荷物はこちらで滞在なさるお部屋まで運びますのでそのままで」

「ありがとうございます」

ナタリーはマリーアンジュと目が合うと、恐縮するように頭を下げた。

ダレンとマリーアンジュは早速、ナタリーを部屋へと案内する。

「先ほどナタリー殿は〝第七の聖女〟と言っていたが、ユリシーズ国には何人の聖女がいるのですか？」

歩きながら、ダレンがナタリーに尋ねる。

「今は、現役が七名、すでに引退されている方が四名です」

マリーアンジュはふたりの会話に耳を傾ける。

（全部で十一人ってこと？　すごいわ）

ユリシーズ国の人口はプレゼ国とあまり変わらない。プレゼ国にはシャーロットとマリーアンジュのふたりしか聖女がいないので、十一人というとその多さが際立つ。

「現役で聖女として働いている方々は、それぞれどんな能力を？」

マリーアンジュは興味が湧いて、ナタリーにダレンの反対隣から話しかける。

「ご存じの通り、私は〝回復の聖女〟です。その他には、〝安眠の聖女〟や〝緑の聖女〟などもいます」

「へえ」

〝安眠の聖女〟とは、その名の通り安眠へと誘う聖女だ。そして、〝緑の聖女〟は植物の成長促進を促す聖女で、全ての聖女が持つ〝五穀豊穣〟よりもさらに高い効果を発揮する。どちらも、過去にプレゼ国に同様の能力を持つ聖女がいたという記録があったので知っている。

「あとは、〝薬の聖女〟と〝強化の聖女〟と――」

ナタリーは思い出すように順番に聖女の力を上げてゆく。

（〝強化〟って言ったかしら？）

マリーアンジュが学んだプレゼ国の聖女の歴史では、一度も強化の聖女は登場したことがない。

（強化っていうからには、物の材質を強化するのかしら？）

世界にはいろんな聖女がいるのだなと、感心する。

「マリーアンジュ様はなんの聖女なのですか？」

今度はナタリーがマリーアンジュに尋ねる。

「わたくしは、祝福の聖女です」

「……祝福の聖女？」

（あら？）

マリーアンジュはふと違和感を覚えてナタリーの顔を見る。どことなく、びっくりした表情をしたように見えたのだ。

「どうかされたのですか？」

小首をかしげるマリーアンジュに尋ねられ、ナタリーはハッとしたような顔をした。

「はい、びっくりしてしまいまして。我が国でとても有名な聖女も祝福の聖女だったので」

「まあ！　ユリシーズ国にも祝福の聖女が？」

マリーアンジュは驚いて聞き返す。

前の時代に存在した聖女と同じ力を持つ新聖女が生まれることはたびたびあるが、同時に存在するのは珍しい。珍しいというより、マリーアンジュが知る限りは一度もない。

「あ、遥か昔のことです。大聖堂にある記録に残っています」

ナタリーは慌てたように補足する。

「ああ、そういうことですか。その聖女様はなぜ有名なのですか？」

マリーアンジュは不思議に思って尋ねる。

「始まりの聖女だからです。とても強大な祝福の力を持っていたと言われています」

「始まりの聖女」

それは、プレゼ国でも有名な話だ。天から使わされた神使が最初に力を与えた聖女は祝福の聖女だったと。

「わたくしは祝福の聖女ですが、特段〝強大な力〟は持っていません。むしろ、祝福の力はその効果が目に見えにくいので、本当に効いているのかと不安に思うことすらあるわ」

マリーアンジュは肩をすくめてみせる。するとナタリーは目を瞬かせ「確かにそうかもしれませんね」と笑った。

（第一印象はおとなしいと感じたけど……本当はよく笑う方なのかもしれないわ）

マリーアンジュはナタリーの横顔を見て、そんなことを思う。

ナタリーは歩きながら、王宮の中をきょろきょろと見回していた。

「あの……、プレゼ国の聖女はどんな生活を？　我が国では、独身の聖女は全員王都にある大聖堂に集められて、集団生活を送っているのです」

「そうなのですね。プレゼ国では聖女が数十年にひとりしか生まれません。ですから、聖女は聖紋が現れたと同時に王太子の婚約者になることが決まっています。聖女の役割や妃教育を受けながら、普通の生活を送ります」

「聖紋が現れるのと同時に？」

ナタリーは驚いた様子だ。

（現役だけでも七人もいらしたら、ユリシーズ国ではそうはならないわよね）

マリーアンジュの記憶では、ユリシーズ国の現王妃は聖女のはず。その前の王妃も聖女だ。だから、王太子が聖女を娶ることにしているのはプレゼ国と同じなのだろうが、誰を娶るかはその時々によるのだろう。

やがて、一行は長い廊下の角を曲がる。

「着きましたよ。こちらです」

先導していたダレンが、突き当たりに位置する来客用の部屋の前で立ち止まった。

「ありがとうございます」

ナタリーはお礼を言ってから部屋に入り、「わあ！」っと声を上げた。

「こ、こんなに豪華な部屋を使ってよろしいのですか？　私は第七の聖女なのに……」

振り返って、恐る恐るダレンに確認する。

「もちろんです。ナタリー殿は我が国にとって、とても大切なお方ですので」

ダレンはにこりと笑って頷いた。


ナタリーを部屋に送り届けたマリーアンジュは、隣を歩くダレンを見上げる。

「ダレン様」

「何？」

「第七の聖女ってどういう意味でしょうか？　単純に七人目の聖女という意味かと思っていたのですが、先ほどのナタリー様の様子を見るとそうではないような……」

「ああ。それなら事前にバルトロに調べさせたのだが、ユリシーズ国では聖女に序列があるようだ。第一の聖女が一番高位で数字が増えるほど序列が下がる。つまり、第七の聖女は聖女の中で最下位だな」

「序列？」

マリーアンジュはわずかに眉根を寄せる。

（もしかして、ナタリー様は本国であまり待遇がよくないのかしら？）

さすがに、貴重な存在である聖女をないがしろにすることはないはずだが、聖女同士で確執などがあっても不思議ではない。

（でも、全員が同じ聖女なのに、彼女たちの間で序列をつけるなんて）

「聖女の人数が多いと、色々あるのですね」

マリーアンジュはなんとなくもやもやして、肩をすくめる。

「そういえば、今朝イアン様がこの王宮に戻っていらしたのを見かけました。メアリー様も戻っていらしたのかしら？」

「いや、戻っていない。離宮に勤める者の話では、最近はろくに顔も合わせないらしい。数日前から実家に帰っているとか――」

「ふうん」

マリーアンジュは小さく相づちを打つ。

プレゼ王立学園の卒業記念式典でマリーアンジュが婚約破棄されたあと、イアンはメアリーを伴い国王夫妻に謁見し『真実の愛を見つけた』と言ったらしいが。

（イアン様の真実の愛って、ずいぶんと薄っぺらいのね）

予想はついていたとはいえ、まだ離宮に送られて半年も経っていない。あまりの早さに、さすがに呆れてしまった。


その翌日。ナタリーは早速イアンの治療に当たることになった。

滞在期間が短いので、あまりゆっくりする時間もないのだ。

「こちらの部屋です」

ナタリーを案内したマリーアンジュとダレンは、白く塗られた木製のドアをノックする。

「兄上。ダレンです」

返事より先に、ドアが開かれる。ドアの前に立っていたのは王妃であるシャーロットだった。

「ようこそいらっしゃいました、回復の聖女様」

シャーロットは今か今かとナタリーの到着を待ちわびていたようで、両手を胸に当てて彼女を見つめる。

「遠路はるばる、本当にありがとうございます。あなたが最後の希望なの」

「えっ、王妃様。お顔を上げてください」

シャーロットに深々と頭を下げられ、ナタリーは慌てたように言う。そして、ちらりと部屋の奥へと目を向けた。そこには、ベッドに横たわるイアンがいた。

イアンは回復の聖女が到着したのに気づき、自分で体を起こそうとしていた。しかし、ひとりではうまく起き上がることができず、侍女に背中を支えられている。

「あちらの方がイアン殿下ですか？」

ナタリーはイアンの様子を観察するように見つめながら、シャーロットに問いかける。

「はい。こちらが息子のイアンです。回復の聖女様の力で治すことはできそうかしら？　我が国の医師が最高の治療を施しましたが、これ以上の回復は見込めないと言われたの」

シャーロットは縋るような目でナタリーを見つめる。しばらくイアンを見つめていたナタリーは、シャーロットへと視線を移動した。

「完全に回復できるかは、わかりません」

シャーロットの表情が固くなる。

「ただ、おそらく今よりはずっと回復させられると思います」

ナタリーはそう言うと、イアンのベッドのすぐ横まで歩み寄った。そして、イアンと目線を合わせるようにその場に膝をつく。

「イアン殿下、お体に直接触れてもよろしいですか？」

「ああ」

イアンが頷いたのを見て、ナタリーは彼の左手を両手で包み込んで目を閉じた。

「あなたの体がよくなりますように」

祈る言葉と共にナタリーの手元からふわりと優しい光が広がり、イアンの体全体を包む。その光は徐々に小さくなり、ほんの数秒で消えた。

ナタリーは光が完全に消えたのを確認するとイアンの手を離した。

「終わりました。いかがですか？」

「……終わった？」

「はい」

ナタリーは頷く。

イアンは恐る恐る、自分の手元を見る。そして、目を見開いた。

「右腕が……」

その場にいた誰もが驚いた。肘から下が完全になくなっていたイアンの右腕が、何事もなかったように元通りになっていたのだから。

「驚いた。右腕がある！」

イアンは抑えきれない喜色を滲ませた声で、興奮気味に叫ぶ。

「はい。腕を回復できてよかったです。どうでしょうか？　動きますか？」

ナタリーはイアンに尋ねる。イアンは自分の右手に力を込めるような仕草をしたが、その指先は動いていないように見える。

「駄目だ。動かない」

「そうですか」

ナタリーは残念そうに目を伏せる。

「立ち上がることは？」

「手を貸してくれ」

イアンが言うと、ナタリーが彼の左手を取る。イアンは恐る恐るベッドから足を下ろして、ゆっくりと立ち上がった。

「立てたわ！　イアンが立てた！」

シャーロットが感激したように声を上げる。しかし、イアンの表情は険しかった。

「……くっ、足に力が入らない。これ以上は無理だ」

足を震わせてそう言うのと同時に、イアンは背後のベッドに倒れ込んだ。

「イアン！」

シャーロットはイアンに駆け寄る。怪我がないことを確認して、ホッとしたような表情を見せた。

「申し訳ございません。私の力ではここまでしか……。あの……、神聖力が回復するのを見計らって、あとでもう一度試してもよろしいでしょうか？」

イアンの回復具合を確認したナタリーは申し訳なさそうに、おずおずとシャーロットに問いかける。

「繰り返しやれば、回復するものなの？」

「ある程度は。ただ、怪我や病状がひどいとある程度までは回復させられても、それ以上は回復しなくなります。イアン殿下はまだ一回目なので、試す価値はあるかと」

「ぜひお願いします」

シャーロットはナタリーの手を両手で握ると、深々と頭を下げた。


結局この日、ナタリーは全部で三回イアンに回復の力を使った。

三回目の祈りを終えたナタリーは握っていたイアンの手を離し、彼を見つめる。

「いかがでしょうか？」

イアンは自分の手の感覚を確かめるように、ゆっくりと指を広げたり握ったりする。

「少し動かしにくい。痺れるような感覚だ。二回目とあまり変わらない」

「そうですか」

ナタリーは眉尻を下げる。

「残念ながら、私の力ではこれ以上回復させることはできないようです。しかし、毎日動かす練習をすれば、時間はかかるものの今よりもずっと動くようになるかと思います」

「わかった」

イアンはナタリーの言葉に、素直に頷く。

そして、明らかに喜色が滲む表情でシャーロット達を見た。

「母上。動かしにくさはあるものの、腕は元通りだし体の痛みもすっかりなくなりました」

イアンは座っていた椅子から、助けを借りずに立ち上がる。

「イアン。無理をしては――」

転ぶのではないかと心配して、シャーロットが近づく。しかし、それを制止したのはイアン自身だった。

「母上、大丈夫です。体がとても軽くて、嘘のように調子がいいのです。手の痺れはありますが、足は完全に元通りだ。本当にすごいぞ」

その言葉の通り、イアンは今朝まで起き上がるのもままならない体だったのが嘘のように、軽やかに歩いてみせた。そして、嬉しくてたまらないといった様子で、もう一度自分の両手を眺める。

「本当に？　よかった……」

シャーロットは感極まったように口元を片手で覆い、もう片方の手に握ったハンカチで目元をそっと拭う。そして、ナタリーのほうを振り返った。

「ありがとうございます。感謝してもしきれないわ。またイアンが歩く姿を見られるなんて――」

「いいえ、どうかお気になさらないでください。私は私にできることをしたまでです」

ナタリーはにこりと微笑み、小首をかしげる。

その日の一部始終を見て、マリーアンジュは心底驚いた。

（これが回復の聖女の力……。すごいわ）

イアンには怪我した直後にマリーアンジュが祝福を与えたし、プレゼ国の王室に仕える名医達が国内最高峰の治療を施した。だから、回復の聖女の力をもってしても、ある程度は治せても限界があるだろうと思っていたのだ。その想像とは裏腹に、ナタリーはたった数時間でイアンをほぼ完全に治癒させてしまった。

「回復させるために、私だけでなくイアン殿下ご自身の体力と神聖力もだいぶ消費しています。今は興奮していらっしゃるので大丈夫でも、このあとどっと疲れがくるはずです。今日は、安静にしてくださいね」

早速好き勝手に動き回ろうとしたイアンに、ナタリーが釘を刺す。

「そうか、わかった」

イアンは素直に言うことを聞き、すごすごと部屋の片隅にあるベッドに向かい、横になる。

そして、ナタリーを見上げた。

「明日からは、以前のように動き回っていいか？」

「はい。手を動かす練習もしてみてください。でも、寝たきりになっておられた期間が長いとお聞きしましたので、無理はなさらないでくださいね」

「わかった」

イアンは頷く。

「イアン。ゆっくり休むのよ」

シャーロットはイアンのベッドサイドに行くと、彼の額に手を当てる。

体力と神聖力を大量に消費したというのはあながち嘘ではなかったようだ。しばらく興奮気味に自分の両手を天井にかざして眺めていたイアンは、やがてすやすやと寝息を立て始めた。


その日の夕方、マリーアンジュはナタリーを王宮にある大聖堂に案内した。

初めて訪れる異国の大聖堂とあって、ナタリーは興味深げに辺りを見回している。

「ユリシーズ国の大聖堂と、何か違いますか？」

「大きさがだいぶ違います。それに、色も」

「大きさと、色？　ユリシーズ国はもっと大きい？」

「はい」

ナタリーは頷く。プレゼ国の大聖堂もかなりの大きさだ。これより大きいとなるとどれだけの広さなのだろうと、マリーアンジュは驚いた。

「ユリシーズ国の大聖堂は白を基調としていて、たくさんの絵が飾られているんです」

「絵？」

「はい。どれも、聖女に関する言い伝えを描いたものです。何百年も前に描かれたものもあるんですよ」

「へえ……」

どんな絵なのだろうかと、マリーアンジュは興味を持った。いつか見てみたいと思う。

祭壇を眺めていたナタリーが、マリーアンジュのほうを振り返った。

「祈りを捧げても？」

「もちろんです。でも、今日は三回も回復の力を使っているのに大丈夫ですか？」

「今日の祈りはこれでおしまいですし、明日は帰国するだけなので、大丈夫です」

ナタリーは微笑み、その場にひざまずいた。

祈りの言葉と共に、祭壇に金色の光の粒子が舞い降りる。

（わあ、綺麗）

マリーアンジュはその光景に見入る。

プレゼ国には聖女がたったふたりしかいない上に、普段の祈りはマリーアンジュの役目だ。そのため、マリーアンジュは自分以外の聖女の祈りを見る機会が滅多にない。こんなにも美しいものなのかと、感銘を受けた。

「とても美しいですね」

「そうでしょうか？　お恥ずかしい限りです」

照れたように笑うその表情はとても可愛らしく見える。

「ここは、私の生まれ故郷の大聖堂によく似ています」

「生まれ故郷？」

マリーアンジュは聞き返す。

「はい。ユリシーズ国の西部に位置する小さな村なのですが、隣町の中心街に大聖堂があって。私は貧しい平民の生まれなので、よく母に連れられて施しを受けに行きました」

「……そうだったのですね」

地方の大聖堂には救貧院が併設されていることが多い。定期的に食料や日用品の配布が行われるので、貧しい者達が施しを受けに集まるのだ。

「私も私の両親も、聖紋が出たあともそれがなんなのかわかりませんでした。周りの大人も聖紋なんて見たことがないですし、『珍しい形の痣だな』くらいにしか思っていませんでした」

確かにそうかもしれないな、とマリーアンジュは思った。侯爵家の人間であるマリーアンジュの両親はすぐに気づいたが、平民だと知らなくても無理はない。

「では、なぜそれが聖紋だと気づいたのですか？」

「自分に不思議な力があることは知っていました。怪我をした弟や、病気の兄弟の手を握って『よくなりますように』と祈れば、皆それまでの苦しさが嘘のように回復するから。ある日、怪我をしている若い男性が倒れているところに偶然出くわしたんです。それで彼のことを治してあげたんです。それが、ユリシーズ国第二王子のフェリクス殿下でした」

「第二王子殿下……」

マリーアンジュは記憶を辿る。

確か、ユリシーズ国には四人の王子がいる。長兄が自動的に王太子となるプレゼ国とは違い、ユリシーズ国の王太子は貴族の推薦や議会の承認などを行う〝王太子選考〟を経て決まる。

そして、第二王子のフェリクスは正妃の息子であり、最も王太子に近いと目されていた。しかし、最終的に王太子になったのは第一王子のクロードだった。

「彼に教えられて、自分が聖女だと知ったんです」

ナタリーはその日のことを懐かしむように、目を細める。その表情からは、きっと彼女の中でそれはよい思い出なのだろうとうかがえた。

「いつかマリーアンジュ様も、ぜひユリシーズ国の大聖堂にお越しください。案内いたします」

「ええ、ぜひ。さっきお聞きした、大聖堂の絵を見てみたいわ」

マリーアンジュは笑顔で頷いた。

◇◇◇

ナタリーがイアンを治癒してから、早一カ月が経った。

王宮の一室に、怒声が響く。

「なんだと？　俺の言うことが聞けないのか！」

声の主――イアンは勢いよく机を叩き、ドシンと大きな音が鳴った。

「申し訳ございません。ですが、こちらの施策はすでにダレン殿下が承認しておりまして」

「その施策内容が今ひとつだから、こうして俺が修正案を出しているのだろうが！」

イアンは手元の書類をつまみ、目の前に立つ文官に突きつける。詰め寄られた文官は言葉に詰まる。しかし、決して「では、こちらで進めます」とは言わない。

その態度が、イアンをさらに苛立たせた。

「お前、名前と所属を言え！」

「福祉厚生省のリックです」

「なるほど。リック、明日からはもう来なくていいぞ。お前はクビだ」

リックは大きく目を見開く。

「そんなっ！　私はまだ子供が生まれたばかりで――」

「下がれ。おい、この男をつまみ出せ」

イアンは執務室の警備をしていた近衛騎士に命じる。

「殿下。お許しください」

近衛騎士は必死に懇願するリックを見て迷うような態度を見せたが、第一王子の命令に一騎士が刃向かうことなどできるはずもない。リックを外に引きずり出した。

イアンはその様子を見届け、ふうっと息を吐く。

「使えない奴だ」

ふと喉の渇きを覚え、執務机の端に置かれた紅茶を飲む。

(それもこれも、あの文官が俺に怒鳴らせるようなことを言ったせいだ)

また苛立ちがぶり返した。イアンは自分の手元にある書類に目を向ける。

「くそっ！　かくなる上は、俺がダレンに――」

椅子から立ち上がりかけたそのとき、トントントンとドアをノックする音がした。

「誰だ」

「サラート＝ルシエラでございます。ご挨拶に参りました」

「ルシエラ卿か。入れ」

イアンは浮かせかけていた腰を元通り椅子に下ろすと、すぐにサラートを招き入れる。

「殿下。調子はいかがですか？」

「この通り、すこぶるよい」

イアンはこの前までなかった右腕を見せびらかすように、腕を上げる。その様子を見て、サラートは口の端を上げた。

「それは何よりです。わざわざユリシーズ国にまで赴いたかいがありました」

「その件に関しては、ルシエラ卿には心から感謝している。卿のような人物を真の忠臣と言うのだろうな」

「ありがたいお言葉でございます」

サラートは慇懃な態度で頭を下げる。

「しかし、殿下におかれましては先ほど苛立っておられたようにお見受けしました。いかがなさいました？」

「どうもこうもあるか！　ダレンが承認した施策が今ひとつだから俺が修正案を出してやったのに、無能な文官は決まったことだからと動こうとしなかった」

「それはいけませんね」

サラートはイアンに同調するように、愁いを帯びた表情を浮かべる。

「しかし、さすがですねイアン殿下。すでにしっかりと仕事に復帰されているとは」

「当たり前だ。これ以上、ダレンに大きな顔をさせてたまるか」

イアンはぎりっと歯を噛みしめる。

魔獣に襲われ大怪我して以降、屈辱の毎日だった。生まれたその日から王太子として君臨していたイアンからすると、次期国王の座を奪われたことは気が狂いそうなほどの恥辱だ。

「イアン殿下こそが王太子に相応しい。私はそう確信しています」

サラートはイアンの心の内を代弁するかのように、そう言った。

「無論だ。だが、話がうまく進まない」

イアンは苛立ちを含んだ声でそう言うと、ぐしゃりと自分の髪の毛をかき乱す。


――体が回復した翌日、イアンはすぐに国王に謁見を申し込んだ。

『シャーロットから聞いてはいたが……本当に見事な回復ぶりだな。嬉しく思う』

自分の足でしっかりと歩くイアンを見て、国王は驚いたような表情を見せたが、素直に回復を喜ぶように口元を綻ばせた。

『はい。ご心配をおかけして申し訳ございませんでした』

イアンは胸に手を当て、国王に一礼する。

『それで、王太子の役目についてですが――』

『はて。王太子の役目?』

国王はイアンを見下ろし、とぼけたように聞き返す。

『体のことがありやむを得ず王太子の座をダレンに譲っていましたが、私はこの通り回復しました。王太子の役目を果たすことができます』

はっきりと言いきったイアンを見つめる国王の目が、鋭いものに変わる。

『イアン。お前は自分が何をしでかしてあの状態になったのか忘れたのか? 色恋に溺れて聖女をないがしろにし、不浄を蔓延させた。王太子にあるまじき行為だ』

『しかしっ！　あれにはダレンとマリーアンジュにも責任があります。それに、二度とあのような過ちは犯しません』

　イアンは弁解する。

『私は生まれながらの王太子です。養子に出され、側近をしていたダレンとは経験が違う。ダレンよりもうまく立ち回れます！』

『お前の言いたいことはわかった』

『では、すぐに王太子を私に――』

　目を輝かせたイアンに対し、国王は首を横に振る。

『それとこれとは、話が別だ。以後、王族として恥ずかしくない行いをするように。それを見て、お前の今後の処遇は決める』

　イアンは大きく目を見開く。

『そんな……』

　体さえ元通りになれば……。体さえ元通りになれば自分は王太子に戻れる。

　そう信じて疑っていなかったのに、国王はとうとう首を縦に振らなかった。それに、ダレンも冷ややかな瞳でイアンを見返すだけで、「兄上に王太子の座を譲ります」とは絶対に口にしない――。

（どうしてこうも話がうまく進まないのだ）

イアンは苛立ちからぎりっと奥歯を噛みしめる。

かくなる上は自分のほうが王太子としての資質に長けていると国王に示せばいいと考えたイアンは、ダレンのやっている仕事を積極的に確認するようになった。

（今日も最近議会にかけることが決まったばかりの施策を読んでわざわざ改善策を考えたのに、先ほどの文官が使えないせいで――）

イアンの様子を静かに眺めていたサラートが口を開く。

「殿下。これは提案なのですが、ユリシーズ国のクロード殿下に相談してはいかがでしょう？」

「クロード殿に？」

イアンは眉をひそめる。

なぜプレゼ国のことを、隣国であるユリシーズ国の王太子に相談するのか。その意図が掴めなかったのだ。

「はい。回復の聖女の力を借りるためにユリシーズ国に行った際、クロード殿下はイアン殿下のことを深く気にかけておられました。そして、イアン殿下の復活を心より願っていると」

「俺の復活を……」

それはつまり、王太子、ひいては次の国王に相応しいのはダレンではなくイアンであるという意味だろうか。隣国の王太子という非常に重要な人物から自分が一目置かれていることに、イアンは興奮を覚えた。

「だが、相談するにもその機会がない。手紙を出すのはリスクが高い」

――王太子の座を奪いたいから協力してほしい。

そんなことを手紙という証拠が残るものにしたためては、万が一にもその手紙が表沙汰になった際には身を滅ぼすことになりかねない。

「その心配はございません。もう手は打ってあります」

「なんだと？」

「イアン殿下自身が、ユリシーズ国をお訪ねになればよいのです。直接相談なされば、証拠は残りません」

「俺がユリシーズ国に？」

イアンは目を見開く。

「吉報はそろそろもたらされるはずです」

サラートは自信満々に言いきると、意味ありげに口の端を上げた。

◇　◇　◇

これから会議を始めようというタイミングで、会議室のドアをバシンと開け放つ音がした。

ダレンは、入り口にいる歓迎しない人物を見やる。

「兄上、どうされましたか？」

「どうしたもこうしたもあるか。お前、このふざけた施策はなんだ！　医師が足りないなら、今いる奴らをもっと効率的に働かせればいい。子供でもわかる」

突然現れたイアンは一気にまくし立てると、直筆の書類をずいっとダレンの目の前に突きつける。

「なんですか、これは？」

「見てわからないのか？　お前が無能だから、俺が改善策を考えてやった」

ダレンは自信満々に言いきったイアンからその書類を受け取り、ざっと目を通す。

そこには、今現在、後進育成のために教鞭を振るうなどで臨床から離れている医師を全員現場に戻し、かつ、一日あたりの医院の開院時間を三時間延ばすという施策が書かれていた。

（この案件か）

ダレンは内心でため息をつく。

つい先日、とある地方の領主から最近人口が増えてきたので相対的に医師が不足していると報告があった。そのため、比較的医師の人数に余裕がある地域からの一時的な医師の派遣、若者の医学部への就学支援、それに、看護師の業務範囲の拡大など、短期から中長期まで見据えた施策をまとめ、議会へかけることを承認したばかりだ。

すでに決まった話をどうして蒸し返すのかと呆れるばかりだ。それに、イアンの案では今の急場はしのげるが、後進育成が滞るので将来的にもっとひどい医師不足を引き起こしてしまう。

「こちらについては、あとでしっかり読ませていただきます」

頭ごなしに否定してもイアンが納得するはずもない。無用な議論で時間を取られたくないダレンは〝目は通す〟という態度を見せることでその場をやり過ごすことにした。

イアンはダレンが軟化した態度を見せたことに気をよくしたようだ。

「ああ、そうするといい」

イアンは偉そうに言うと、ダレンのいる会議室の中を見回した。

「ところで、今は何をしている？」

「見ての通り、会議です」

「なぜ会議に私を呼ばない！」

イアンは腹を立てた様子で抗議してくる。

「本日の会議内容は、私の管轄ですので」

「『私の管轄』だと？　お前の管轄などひとつもない。『王太子の管轄』の間違いだろう？」

イアンは不敵な笑みを浮かべてダレンを見る。ダレンはイアンを見つめ返し、小首をかしげた。

「王太子の管轄は、すなわち私の管轄ですが？」

「ダレン、今まで苦労をかけたな。だが安心しろ。俺が元通りになったからには、もう大丈夫だ」

「もう大丈夫、とは？」

「そのままの意味だ」

「申し訳ありませんが、なんのことだかわかりかねます」

落ち着いた声で言い放ったダレンに、イアンが「ふざけるなっ！」と声を荒らげる。

「俺は生まれながらの王太子だ。対するお前は、俺の穴埋めでしかない！　先ほどの施策がいい例だ！」

部屋の空気が緊迫する。席についていたひとり――ダレンの側近のバルトロが立ち上がった。

「イアン殿下、どうかお部屋にお戻りください。ダレン殿下の執務の妨げになります」

「なんだお前は。誰に向かって口を利いている」

「イアン殿下と存じ上げます」

「わかっているなら、口を慎め。俺は王太子だぞ」

「お言葉ですが、王太子はダレ――」

バルトロがなおも言い返そうとしたそのとき、「バルトロ」と彼を制止する声がした。ダレンだ。

ダレンは立ち上がると、イアンの前に立つ。

「兄上、本日の会議は本当に些細な案件なのです。それよりも、近く我々がユリシーズ国に行くことになったと先ほど連絡がありました。兄上にはそちらの準備を任せても？」

「何？　ユリシーズ国だと？　もう連絡が？」

イアンは驚いたような顔をする。

「もう連絡？　兄上はすでにご存じだったのですか？」

ダレンに尋ねられ、イアンはわずかにうろたえた。

「なんでもないっ！　お前がどうしてもと言うなら、やってやらないこともない」

「ありがとうございます。助かります」

ダレンはにこりと笑う。対するイアンは、ふんと鼻で笑った。

「では、こちらの会議はお前に任せるとする」

イアンは鷹揚な態度でそう言うと、くるりと踵を返した。

「ようやく会議室が静かになったな」

ダレンはうんざりした表情でぼやく。

「ダレン殿下、よろしかったのですか？　殿下のことを〝自分の穴埋め〟などと発言するとは、もっての外です」

バルトロはすっかり憤慨して、ダレンに訴える。

「いい。今だけだ」

ダレンはイアンが消えたドアへと、冷ややかな視線を向ける。

体が治った時点である程度予想していたとはいえ、イアンのあの態度にはいい加減辟易している。ダレンは国が定める正式な手順を踏んで王太子になった。つまり、イアンの穴埋めではない。しかし、当のイアンはその現実を受け入れられないのだろう。

小者の痴れ言と、今は好きにさせている。だが、本気で王太子の座を奪う気なら容赦はしない。

「そうだ、お前にも伝えておかなければな。今度、ユリシーズ国に行くことになった」

「ユリシーズ国に？」

「ああ。クロード殿下から直々に招待を受けた。マリーアンジュと兄上も一緒の予定だ」

ユリシーズ国の王太子――クロードから手紙が届いたのは、今朝のこと。内容は、『ぜひダレンとマリーアンジュ、それに、元気になったイアンの三人をユリシーズ国に招待したい』というものだった。

「かしこまりました。すぐにユリシーズ国に行くに当たって必要な情報を収集します」

「ああ、任せた。……では、気を取り直して会議を始めるか」

「はい」

ダレンは自分の席に戻り、再び座る。文官が説明し始めたのは、来期に向けての経済活性化策だ。この政策はダレンがまだイアンの側近をしていた頃に考案したもので、ようやく日の目を見る準備が整ったのだ。

書類を眺めながらふと脳裏によみがえったのは、先ほどのイアンの不遜な態度だ。

（元通りになったからには、もう大丈夫だと？　本当に愚かだな）

実の兄とはいえ、あの態度には本当にうんざりだ。

◇　クロードの策略

――時は数カ月前に遡る。

ここはユリシーズ国の王宮の一室。この国の王太子であるクロード＝メサジュはひとりの男と向き合っていた。

椅子に腰かけて足を組みながら肘置きに肘をつくクロードに対し、向き合う男は椅子から転がり落ちそうなほど頭を下げている。

「聖女の力を貸してほしいだと？」

クロードは目の前の男の頭頂部を見下ろし、目を眇める。

この日、隣国のプレゼ国からどうしてもクロードに面会したいという来客があった。男の名はサラート＝ルシエラ。プレゼ国の侯爵家当主だ。

他国の一貴族が隣国の王太子を直々に訪ねてくるなど、ただ事ではない。いったい何事かと側近に用件を確認させた上で会ってみると、開口一番に言われた言葉は『どうかユリシーズ国の聖女様の力を我が国に貸してください』だった。

どういうことかと詳細を聞くと、プレゼ国の王太子だったイアンが大怪我を負い、日常生活もままならないほどの後遺症が残っているのだとか。

（イアン王子か）

諸外国を招いたパーティーの場で数回会ったことがある。次期国王として自信に溢（あふ）れた様子は一見すると頼もしく見えるが、話してみると考えが薄っぺらく、溢れる自信には全く実力が伴っていなかったように思えた。

（最近王太子が代わったのは、怪我が原因なのか）

すでに立太子している王子がその座を退き、臣下の家門に養子入りした弟が立太子するなど異常事態だ。プレゼ国から『イアン王子は体調の都合で静養している』と発表されていたが、彼が大怪我の後遺症に悩んでいたことまでは知らなかった。

イアンの代わりに王太子となったのはダレン＝ヘイルズ。第二王子でありながら、まだ赤子の頃に王妃の実家であるヘイルズ公爵家に養子に出された、イアンの実の弟だ。ダレンは公式の場でも、イアンのそばに控えて常に行動を共にしていたので、クロードも面識がある。

（一見すると人当たりはいいが、なかなか頭の切れる男に見えたな）

何度か言葉を交わしたことがあるが、イアンよりよっぽどしっかりしているように見えた。

「ルシエラ卿」

クロードは目の前の男——サラートに呼びかける。サラートはハッとしたように顔を上げ、クロードの顔色をうかがうような目で見つめてきた。クロードは静かにサラートを見返す。

「イアン殿はなぜ大怪我をしたんだ？」

イアンは王太子だった。プレゼ国の医師団は国家の威信をかけて治療に当たったはずだ。それでも大きな後遺症が残ったとなると、よっぽどの大怪我に違いない。

「魔獣に襲われました」

「魔獣に？」

クロードは眉をひそめる。

魔獣とは、長期間瘴気に冒されて魔物と化した動物のことだ。

どこからともなく発生する瘴気は、聖女が浄化しないと徐々に濃くなる。そして、瘴気が濃くなると病が蔓延したり、土地が腐ったり、動物が魔物と化したり、様々な災いが発生する。そのため、どの国も瘴気が濃くならないように細心の注意を払っている。

（プレゼ国は、魔獣が現れるほど瘴気が濃くなったのか？）

今のサラートの話が本当ならば、プレゼ国では浄化がきちんと行われていなかったことを意味する。

「お前の国の聖女は何をしていたんだ？」

「それは……」

サラートは視線を忙しなく動かし、額の汗をハンカチで拭う。

言うべきか迷うように何度か口を開け閉めし、ようやく決心したように言葉を発した。

「実は、イアン殿下が女に誑かされました。善良な殿下はすっかりとその女の虜になってしまい、聖女の力が一時的に弱まったのです」

「……女だと？」

「はい。メアリーという、新興男爵家の娘です」

サラートがクロードに話したことの顛末は、にわかには信じがたいことだった。

一国の王太子が色恋に溺れ、聖女の役目を本来聖女でない人間であっても全うすることができると信じ込む。さらには真の聖女の地位を剥奪し、挙げ句の果てに国土の一部に瘴気を蔓延させるとは。

「それはひどい話だ」

クロードは深く息を吐く。

「はい。本当にひどいことです。あの女、とんでもないことを――」

サラートはクロードの反応に気をよくして、イアンを誑かしたメアリーに対しての怒りを露わにする。

「それに、マリーアンジュ様もマリーアンジュ様です。こうなることがわかっていながら、イアン殿下を見捨てたも同然です。澄ました顔をした、とんでもない悪女です」

「聖女が悪女だと？」

「はい。マリーアンジュ様は最初から聖女を他の者に代えることなどできないと、わかっていたのです。それなのに、殿下に諫言しないとは！」

サラートは身振り手振りを交え、自分の主張に熱弁を振るう。その様子を、クロードは冷ややかな目で見つめた。

（主も主なら、臣下も臣下だな）

クロードが〝ひどい〟と言ったのは、誑かした女のことでも、聖女のことでもない。そんなバカげた話にあっさりと引っかかり、自分から墓穴を掘ったイアンのことだ。

（今の話を聞く限り、この結末を引き起こす最初の引き金を引いたのはイアン王子自身だ）

しかし、目の前の男――サラートは全くそのことに気づいていない様子だ。

（おおかた、この男はイアン殿と太いパイプを持っているのだろうな）

サラートからは、純粋にイアンの体を気遣っているのではなく、自身の権力失墜を最小限に留めるためになんとしてもイアンを政治の中枢に戻したいという意図がありありと感じられた。

クロードはサラートの話を半分聞き流しながら、考える。

（それにしても、その聖女――）

聖女である彼女が、イアンの行動の行き着く先にどんな未来が待っているかを予想できなかったはずはない。少なくとも、イアンが王太子の座を失う窮地に立たされることはわかっていたはずだ。

それに、他人に託した聖女の力は、本人であれば強制的に自分に戻すことができる。途中で助けることはできたはずなのに、彼女はそれをしなかった。

（つまり、イアン殿を見捨てたわけか。大した女だ）

くっと笑いが漏れる。

プレゼ国の王太子になったダレンは、頭の切れる理知的な男に違いない。イアンが王太子だった時代も大きな問題なく過ごせていたのは、間違いなくダレンの助けがあったからだろう。自ら破滅へ向かうように愚鈍な王太子を誘導した上で捨て、優秀な側近に乗り換える。隣国の聖女は、とても計算高い女のようだ。

（おおかた、ダレン殿と共謀したのだろうな）

誰よりもふたりの近くにいたダレンが聖女の企みに気づかなかったはずはない。

（うまくやったものだ。だが、我が国にとっては、王太子はイアン殿のほうが何かと都合がいいな）

「いいだろう。話はわかった」

クロードは口を開く。

「回復の聖女の力を貸してやる」

サラートはハッとしたように息をのみ、その顔にありありと喜色を浮かべた。

「本当ですか？　このご恩は決してわすれません。なんとお礼を言えばよいか――」

「なに。困ったときはお互いさまだ」

クロードは朗らかに笑う。

隣国の国王は少し間抜けなほうが、手のひらで転がしやすい。そんなバカげた話にあっさりと引っかかる王太子なら、少し策を巡らせれば国ごと乗っ取ることもたやすいだろう。

（礼なら、こちらからもらいに行くから問題ない）

――イアンが国王になれば、プレゼ国という国ごと手中に収めるのはたやすいことだ。

そのためには、イアンの体を治すだけでは事足りない。ダレンに王太子の座を退いてもらわねばと、クロードは思考を巡らせる。

「先ほど話していたプレゼ国の聖女だが、彼女は今ダレン殿の婚約者ということで合っているか？」

「マリーアンジュ様ですか？　はい。我が国には、未婚の聖女が彼女しかおりませんので」

「そうか」

クロードは頷く。

（プレゼ国を属国にする方法は決まったな。その聖女は俺がもらおう）

唯一の未婚の聖女であるマリーアンジュを奪えば、プレゼ国は十分な浄化ができなくなり国を維持できなくなる。無能なイアンでは、もはやどうすることもできないだろう。

問題は、どうやってそれを実行するかだ。

（理由をつけて我が国に呼び寄せれば、なんとでもなるか）

クロードは人知れず、笑みを深めた。

◆ 第三章　ユリシーズ国の聖女達

こんなにわくわくするのはいつ以来だろう。

メアリーに聖女の力を全て渡して町歩きしたときも、ここまでは浮かれていなかった。

「えーっと、忘れ物はないわよね？」

マリーアンジュは手元のメモを見ながら、目の前に置かれた荷物の山を確認してゆく。

パーティー用ドレスは二着、動きやすいドレスは三着、それに、念のために乗馬服も入れたし、靴もそれぞれの服装に合わせて六足入っている。

それに、アクセサリーと髪飾りは——。

「マリー様。きちんと確認しましたから大丈夫ですよ」

部屋のドアが開く音がして、エレンの呆れたような声がする。エレンはお茶を用意するために、厨房にお湯をもらいに行っていたのだ。

「念のためよ」

「念のためが、もう三回目ですわ。マリー様はよっぽど今度の外遊が楽しみなのですね」

エレンは口元に手を当て、くすくすと笑う。

なんだか気恥ずかしくなり、マリーアンジュの頬はほんのりと色づく。まるでピクニックに行く前の子供のような姿を見せてしまった。

「はしたない姿を見せてしまったわね」

「いいえ、とんでもない。とても可愛らしいと思いました。マリー様は、いつも実際の年齢以上に大人びていらっしゃるから。こんな年相応の可愛らしい姿が見られて、嬉しいですわ」

エレンはマリーアンジュを見つめ、優しい笑みを浮かべる。

マリーアンジュは明日から、ユリシーズ国を訪問することになっていた。ナタリーがユリシーズ国に戻ってほどなく、ユリシーズ国の王太子であるクロードから招待状が届いたのだ。

なんでも、ダレンやマリーアンジュがユリシーズ国の文化や経済に興味を持っていることを知ったクロードが、特別な計らいで企画してくれたのだとか。滞在期間は一週間で、その間にユリシーズ国の王都周辺を見て回ったり、会談を行ったりする予定だ。

（浮かれてばかりいないで、しっかりしないと）

マリーアンジュは自分に活を入れる。

マリーアンジュの手に聖紋が現れたのは八歳のときだった。すぐに王宮に連れていかれ、次の聖女だと認定されてからは勉強と妃教育の毎日。聖女としての務めもあり、自由な時間など滅多になかった。

だから、マリーアンジュは国内旅行はおろか、日帰りのピクニックすらほとんど行ったことがない。外国に行くのはもちろん初めてだ。いやが上にも気持ちが浮き立ってしまう。

「さあ。そろそろ謁見のお時間ですので、ご準備ください」

「ええ、わかったわ」

エレンの呼びかけにマリーアンジュは頷くと、手に持っていた持ち物のメモを近くのサイドボードの上に置く。

明日からの外遊を前に、今日はこれから国王と王妃のシャーロットに挨拶をすることになっているのだ。

マリーアンジュが謁見室に向かって歩いていると、ちょうど廊下の反対側からダレンが歩いてくるのが見えた。

「ダレン様」

「マリー。ちょうどよかった」

ダレンはマリーアンジュと目が合うと、優しい笑みを浮かべる。『ちょうどよかった』ということは、きっとマリーアンジュを迎えに来てくれたのだろう。

「もう準備はしっかりできた?」

「はい」

マリーアンジュは頷く。さすがに、楽しみにしすぎて何度も荷物を見返していることは気恥ずかしくて秘密にしておきたい。

「よかった。俺も準備は終わった。あとは、明日出発するだけだ」

「ダレン様はユリシーズ国に行かれたことがあるのですよね？」

「三回ほど、兄上の側近として同行したことがある。今とは立場が違うが、主要な人物とは一通り面識がある」

「それは頼もしいです」

マリーアンジュは朗らかに笑う。

ダレンは『兄上の側近として同行した』と言うけれど、今までのイアンの行動パターンを考えると十中八九、王太子として果たすべき務めを担っていたのはダレンだろう。

今回のユリシーズ国訪問は、マリーアンジュにとって初めての外遊だ。うまく立ち回れるか不安があるので、ダレンが一緒にいてくれるのはとても頼もしく思えた。


謁見室に到着したダレンとマリーアンジュは、国王夫妻に挨拶をする。

「父上、母上、お待たせしました」

「お待たせしました。マリーアンジュです。ただいま参りました」

ダレンに続き挨拶をしたマリーアンジュは、着ていたシンプルなドレスのスカートをつまみ、腰を折る。

「うむ、よく来たな」

三段ほど高い位置にある玉座に座っている国王は、ダレンとマリーアンジュを見下ろし鷹揚に頷いた。

「ユリシーズ国は聖地に近く、我が国より歴史のある国だ。実際に行くことで、学びも多いだろう。プレゼ国を代表する者としての自覚を持ち、有意義な外遊にするように」

「はい。かしこまりました」

ダレンは右手を胸に当て、頭を下げる。それに合わせて、マリーアンジュも頭を下げた。

顔を上げたマリーアンジュは、国王の隣に座る王妃――シャーロットを見上げる。

「王妃様。留守中にご負担とご迷惑をおかけしますが、何卒よろしくお願いします」

普段、シャーロットは王妃としての務めが多いので、プレゼ国の国土の浄化はマリーアンジュが行っている。しかし、ユリシーズ国に行っている間、マリーアンジュは浄化することができない。

今回の外遊に合わせて、マリーアンジュは特に信頼している友人数人に自身の聖女の力の一部を託し、代理聖女の役目を頼んだ。代理聖女とは、一時的に聖女から力を分け与えられることにより、聖女の代わりに祈りを捧げ、浄化の力を発揮する女性のことだ。

だが、代理聖女はしょせん代理であり、その浄化の力は本物の聖女であるマリーアンジュに遠く及ばない。万が一それでなにか不具合があれば、浄化の祈りの不足分はシャーロットが補うことになり、結果として彼女に負担をかけてしまうのだ。

「あら、マリー。気にしないで」

シャーロットは申し訳なさから眉尻を下げるマリーアンジュを見下ろし、優しい微笑みを浮かべた。

「あなたはいつも頑張っているのだから、こんなときくらいはわたくしに任せて羽を伸ばしてらっしゃい」

「……ありがとうございます」

マリーアンジュはもう一度頭を下げる。

聖紋が現れてから早十一年。いつも我が子のようによくしてくれるシャーロットには、本当に感謝の気持ちでいっぱいだ。

「ところで父上。兄上は？」

ダレンの問いかけを聞き、マリーアンジュは謁見室の中を見回す。確かに、一緒にユリシーズ国を訪問するはずのイアンの姿が見えない。

「イアンなら、一日ずらして訪問すると報告があった。手を離せない案件があると」

「そうですか」

ダレンは頷く。

(手を離せない案件？)

ふたりの会話を聞いていたマリーアンジュは不思議に思う。マリーアンジュが知る限り、イアンは外遊の日程を急遽変更するほどの重要な案件は担当していないはずだ。

わざわざ別行動をするのは、『お前達と馴れ合う気はない』という彼の意思表示だろう。ダレンもそのことに気づいているはずだが、彼は涼しい表情を崩さない。

「それでは、我々は失礼――」

ダレンがそう言いかけたそのときだ。

「あ、そうだわ」

シャーロットが何かを思いついたように声を上げる。

「どうかしたか？」

国王がシャーロットに尋ねる。

「出発前に、マリーにわたくしの力の一部を託しておこうと思うの」

「わたくしに、王妃様の力を？」

マリーアンジュは思わず聞き返した。

聖女には自身の力を他人に託す能力があるが、マリーアンジュはいつも託す側で、託されたことはないからだ。

「ええ、そうよ。異国の地に行って多くの人と会うのだから、役立つかもしれないわ」

それを聞いて、マリーアンジュもなるほどと納得した。

シャーロットの先見の力は、対象となる人に触れて初めてその力を発揮する。ユリシーズ国でかの国の重鎮達と握手した際などに、何かプレゼ国にとって、事前に知っておくと有益な情報が得られるかもしれない。

シャーロットは椅子から立ち上がり高くなった台座からゆっくりと下りると、マリーアンジュの前に立ち彼女の両手を握った。

(温かい)

握られた手に熱が集まるのを感じた。

シャーロットと繋いだ手が鈍く光り、体の中の神聖力が沸き立つような不思議な感覚。

「終わったわよ」

「終わった？」

「ほら」

シャーロットはマリーアンジュの胸元を触り、壁にある鏡を指さす。今日、マリーアンジュは少し胸元の開いたドレスを着ていた。しっかりと見える胸の膨らみのちょうど上あたりには、シャーロットの聖紋と同じ百合の紋様が薄ら(うっす)と浮かび上がっていた。

マリーアンジュは鏡に映るその聖紋を見つめ、右手の人さし指でこする。消える様子がないこの紋は、紛れもなく聖紋だ。

「ありがとうございます。わたくしに王妃様の聖紋があるなんて、なんだか不思議な感じがします」

まるで、初めて自分に聖紋が現れた日のような気分だ。あのときも、物珍しくてついつい自分の手の甲を眺めてしまった。

「ふふっ、そうね」

シャーロットはマリーアンジュの様子を見て笑みをこぼす。そして、「マリーはよく知っていると思うけど」と再び口を開いた。

「先見の力を託されている間、マリーはわたくしと同じように先見することができる。ただ、わたくしの先見の力は絶対的なものではないわ。ぼんやりと未来の景色が見えたり、断片的な映像が流れ込んできたり。意識して触れても何も映像が見えないときもあるわ。ただ、先見の力が発揮されて未来が見えたとき、それが現実のものとなる可能性は極めて高いわ」

「はい。よく覚えておきます。貴重な力をありがとうございます」

マリーアンジュはシャーロットの話を聞き、しっかりと頷く。

「ふたりとも、気をつけて行くように」

国王がダレンとマリーアンジュに声をかける。

「「ありがとうございます」」

礼をするダレンとマリーアンジュの言葉が重なった。


謁見が終わったあと、ダレンはマリーアンジュを部屋まで送ってくれた。

部屋に戻ってからもマリーアンジュは自分の胸元に触れる。触っても何も変化はないのだが、気になって触ってしまうのだ。

先ほど見た薄墨色に浮かび上がる百合はシャーロットの聖紋と同じ形をしていた。幼い頃から何十、何百回も見た紋なので、見間違えるはずがない。

「さっきから、ずっと触っているな」

横から笑いを含んだ声がした。ダレンがマリーアンジュを見つめている。

「なんだか不思議な気分で、つい」

マリーアンジュは慌てて両手を下ろす。

「マリーがこんなに無邪気な姿を見せるのは珍しいな」

「申し訳ございません」

マリーアンジュは赤くなって謝罪する。

「謝らないで。可愛くて、ずっと見ていたいと思った」

ダレンは口の端を上げ、マリーアンジュの顔を覗き込む。

「えっ？　もう、ダレン様ったら！」

マリーアンジュはますます赤くなり、照れを隠すようにダレンの胸を両手で押す。ははっと笑ったダレンが、マリーアンジュの手首を掴んだ。

そのときだ。突如、頭の中に膨大な映像が流れ込んできたのは。

「え？」

ぐわんと視界がゆがみ、どこかの部屋の景色が見えた。

——マリーアンジュの執務室でもダレンの執務室でもない、一度も見たことがない部屋だ。

（ここ、どこ？）

マリーアンジュは周囲を見回す。

室内は豪華で広く、ソファーセットにドレッサー、それに、天蓋付きの大きなベッドが置いてあった。

（誰かいるの？）

よく見ると、ベッドの上には若い男女がいた。恋人同士なのか、男性は仰向けに横たわる女性に覆い被さるような格好をしていた。白いシーツに女性の艶やかな金髪が広がり、金の水面のように美しい。

（え？　嘘、これって……）

濃厚なキスを与えられているのは、マリーアンジュ自身に見えた。相手の男は、ダレンだ。

ダレンはマリーアンジュと指を絡めていた手を外し、彼女の腰へ手を添える。そして、体のラインをなぞるようにゆっくりと手を上半身に移動させてゆく——。

「マ……、……リー、マリー？」

突然の光景に驚きすぎて硬直していたマリーアンジュは、何度も自分を呼びかける声にハッとした。

（え？　わたくし……）

気づけば、ダレンが身を屈め、マリーアンジュの顔を心配そうに覗き込んでいる。

「ぼんやりしてどうした？」

ダレンはマリーアンジュの額に、自分の手のひらを重ねる。

大きな手に触れられた瞬間、先ほどの光景が脳裏によみがえる。この手で、ダレンがマリーアンジュの体を優しく撫で回していたと思うと、一瞬で自分の顔が真っ赤になるのがわかった。

「マリー？　熱はなさそうだけど、顔が赤いな。部屋が暑いのかもしれない」

マリーアンジュはうぐっと言葉を詰まらせる。これは全く違う理由で紅潮しているのだが、それを打ち明けるのは恥ずかしい。

「のちほど、氷嚢（ひょうのう）を届けるように伝えよう。今日はもう仕事はせずに、ゆっくり休んで」

ダレンはマリーアンジュを優しく抱きしめると、額にキスをする。

「俺がいると気を使ってしっかり休めないだろうから、自分の執務室に戻るよ。じゃあ、また明日」

「……はい。ごきげんよう」

ダレンは部屋を出る前に、マリーアンジュのほうを振り返り少しだけ口の端を上げる。ドアが閉まると、足音が段々と遠ざかっていった。

マリーアンジュは閉ざされたドアを見つめる。

「もしかして、今のが先見の力？」

シャーロットから託された先見の力は、未来を見る能力だ。

（思った以上に、突然景色が見えるのね。さっきの光景……婚約しているのだから、いずれそういうこともあるでしょうけど……）

マリーアンジュは両手で自分の頬を包み込むように触れる。

まだしばらく、紅潮した顔の熱は冷めそうにない。


翌日、マリーアンジュの一行は予定通りプレゼ国の王宮を出発した。

馬車で一日かけて到着したトーダで一泊し、北の国境に向かう。そこからユリシーズ国の王都まではさらに二日馬車に乗る必要があり、行くだけでも大仕事だ。

出発から三日目。マリーアンジュは車窓からのどかな畑が広がる景色を眺めながら、無意識に腰を摩る。長時間ずっと馬車に乗りっぱなしなので、さすがに腰が痛くなってきた。

馬の体力回復のため、馬車は二、三時間おきに小休憩を挟む。エレンが用意してくれた軽食と飲み物をいただきながら、マリーアンジュはホッと息を吐いた。

「あとどれくらいで着く？」

少し離れたところで、ダレンが同行しているバルトロに確認していた。

「今いるのがこちらです。一時間半もあれば王都に入れるかと」

バルトロは地図を開き、ダレンに説明している。

（一時間半か。頑張らなきゃ。体力には自信があったのだけれど……）

マリーアンジュは苦笑する。

この馬車は王室用に造られた、最高級の馬車だ。車輪は衝撃を吸収するように設計されており、座面のクッション性も優れている。それでこのありさまなのだから、頻繁に両国を往来する行商人には頭が上がらない。

そうこうするうちに、馬車はユリシーズ国の王都へ入った。

建物の屋根瓦はオレンジ色、壁は白に統一されており、おとぎ話の挿絵に出てきそうな、とても美しい町だ。馬車道の両側には多くの店が軒を連ねており、それぞれの店舗の入り口には木製の看板がつり下げられている。

マリーアンジュは興味深く、その町並みを眺める。

（町並みも、プレゼ国とは全然違うのね）

到着する前から、気持ちが高揚してくるのを感じた。

やがて馬車が停まり、ガタンと車体が揺れる。ユリシーズ国の王宮に到着したのだ。

「マリー。気をつけて」

先に馬車を降りたダレンが右手を差し出す。マリーアンジュはそこに自分の左手を重ね、大地へと降り立った。

すぐに、出迎えの中に白い貴族服を着た、堂々とした若い男性がいることに気づく。

身長はダレンよりやや低いものの長身で、自信に溢れた雰囲気が漂っている。襟足が肩にかかるくらいのさらさらの金髪は太陽の光を浴びて輝いており、真っすぐに前を見る瞳は青空を思わせた。

（あの方がクロード殿下かしら？）

ダレンはその男性の元に近づくと、右手を差し出した。

「ご無沙汰しておりました、クロード殿下。このたびはご招待いただき、誠にありがとうございます」

マリーアンジュの予想通り、その男性はユリシーズ国の王太子、クロードのようだ。クロードは差し出されたダレンの手を握る。

「遠路はるばる、よく来られた。歓迎する」

そして、クロードはダレンの隣にいるマリーアンジュへと視線を移した。

「はじめまして、クロード殿下。お目にかかれて光栄です。マリーアンジュ＝ベイカーと申します」

マリーアンジュは丁寧に腰を折る。

「彼女は我が国の聖女で、私の婚約者です」

ダレンが横から、補足する。

「ほう、あなたが……」

クロードはマリーアンジュを見つめ、少し意外そうに目を瞬いた。

（どうしたのかしら？）

クロードの視線に居心地の悪さを感じ、マリーアンジュは身じろぐ。まるで、マリーアンジュのことを見定めようとしているかのような眼差しだ。

「俺はユリシーズ国の王太子、クロード＝メサジュだ。よろしく」

クロードはそう言うと、マリーアンジュの右手を取る。そして、マリーアンジュの手の甲──ちょうど聖紋がある場所に口づけた。

（えっ？）

そのとき、マリーアンジュの視界がぐわんとゆがむ。

知らない景色が見えて、すぐに先見の力だと悟る。

──マリーアンジュはどこかの通路にいた。窓はなく、どこまでも暗い廊下が続いている。

その通路の遥か前方にいるのは、若い男女だ。

（様子がおかしいわ。どうしたのかしら？）

先を行こうとする男に、女が縋りついているように見えた。

（男性は、クロード殿下？　女性は……存じ上げない方だわ）

クロードが縋りつく女を振り払い、その女は床に倒れた。

『わたくしを捨てるのですか！』

大粒の涙を流しながら、女が叫ぶ。しかし、クロードはまるで聞こえていないかのようにすたすたと歩く。

マリーアンジュはもっとよく見ようと目を凝らす。しかし次の瞬間、その景色はかき消えた——。


現実世界へと引き戻されたマリーアンジュはハッとした。目の前にはクロードがおり、ちょうど顔を上げ、マリーアンジュの手を離すところだった。

「メイドに部屋まで案内させよう」

「あ、ありがとうございます」

マリーアンジュは戸惑いつつも頷く。

「今宵、ささやかだが歓迎の晩餐会を開く予定だ。部屋まで迎えに行かせるので、それまで部屋でゆっくりしてほしい」

「温かな心遣いに感謝します」

ダレンがクロードにお礼を言う。

「では、またのちほど」

クロードは口元に弧を描くと、右手を上げた。

(さっきの光景、ただ事じゃなさそうな雰囲気だったけど……)

しかし、相手が誰かもわからないし、ダレンにどう伝えればいいのか、伝えるべきことなのかすらわからない。

(こんな不確かな情報、話さないほうがいいわよね)

迷ったものの、マリーアンジュは何も話さずに自分の記憶にだけ留めておくことにした。


しばらく行くと、前を歩くメイドが立ち止まった。

「ダレン殿下とマリーアンジュ様のお部屋はこちらでございます」

その部屋を見たとき、マリーアンジュは動揺した。

「え?」

用意されていたのは、二間続きの豪華な部屋だった。統一感のある木製の調度品が広い部屋に配置されており、隣の部屋が寝室になっているようだ。窓は天井まである大きなもので、レースのカーテン越しに温かな日の光が部屋に射し込み、部屋の中は明るい。

そして、至る所に美しく花が飾られており、部屋全体にほんのりとフローラルな香りがした。

そう、この部屋は文句のつけようがないほど完璧だった。一点だけを除いて。

「相部屋……？」

寝室には、天蓋付きの広いベッドが一台しかなかった。そして、マリーアンジュはこの天蓋付きベッドに見覚えがあった。

（これって――）

間違いない。マリーアンジュが出発前日に先見の力で見た部屋と同じだ。確か、このベッドでマリーアンジュはダレンに組み敷かれていた。

（ど、どうしましょう）

マリーアンジュは年齢のわりに落ち着いているし、大人びている。しかし、恋愛経験はなくこういったことに対して耐性がない。

明らかにうろたえた様子を見せたマリーアンジュに、案内してくれたメイドは不安そうな顔をした。

「あの……、どこか至らぬ点がございましたでしょうか？」

「いえ！　大丈夫です。とても素晴らしいお部屋で、驚いていただけですわ」

マリーアンジュは慌てて否定する。

この部屋は素晴らしい。それは疑いようがない。

「そうですか？　もし何かご不満な点がございましたら、すぐに別室をご用意いたしますが」

「えっと、――」

（別室にしてほしいって言ってもいいかしら？）

マリーアンジュは迷った。そのとき、ダレンが口を開く。

「いや、この部屋で大丈夫だ。ありがとう」

「よかった」

メイドはホッとしたようにつぶやくと、表情を和らげる。

「お飲み物のお湯はそちらに用意してあります。そこにあるベルを鳴らしてメイドを呼んでいただければ、追加もご用意しますのでお気軽にお申しつけください。ご入浴の際も、お時間に合わせて準備させていただきます」

「連れの者達はどこに滞在している？」

ダレンが尋ねる。

「ひとつ下の階にお部屋をご用意しております。外を出て右手にある階段を下りればすぐです。一番手前が侍女の方、その隣がコルシーニ様、その奥が騎士の方々用となっております」

「わかった。ありがとう」

「はい。では、ごゆっくりお過ごしくださいませ」

一通り部屋の説明をすると、メイドは丁寧に腰を折ってから立ち去る。

「あ……」

マリーアンジュは、その後ろ姿を呆然と見送った。

「マリー」

マリーアンジュと共に先ほどのメイドの後ろ姿を見送ったダレンが、彼女のほうを振り返る。

「え？」

名前を呼ばれたマリーアンジュの声は、思わずうわずる。

「移動が長くて疲れただろう？　晩餐の時間まで、ゆっくりしようか」

「あ、はい」

動揺するマリーアンジュに対し、ダレンはいつもと変わらない。

「俺は少しバルトロと話したいから、下に行ってくる。五分くらいで戻る」

「わかりました。行ってらっしゃいませ」

ひとりになったマリーアンジュは部屋の中を見回す。実は寝室がふたつあるのではと部屋にある扉を端から順に開けてみたが、浴室とトイレ、それに荷物置き用の小さな部屋があるだけだった。先ほどメイドが案内してくれたローテーブルには、お湯と一緒に、色々な茶葉が用意されている。

（どうしましょう）

落ち着かない気持ちでうろうろしていると、不意にドアが開く。バルトロのところに行っていたダレンが戻ってきたのだ。

「あ、お帰りなさい」

「うん、ただいま。そんなところに立って、どうした？」

ダレンは聞きながらソファーに腰かけ、背もたれに体を預けてゆったりとした体勢になる。

「えーっと、お茶を飲もうかなと思いまして。ダレン様も飲まれますか？」

「ああ、そうしようか」

ダレンが頷いたので、マリーアンジュは手慣れた所作で紅茶を淹れる。

「どうぞ」

「ありがとう」

ダレンは微笑むと、紅茶を口に運ぶ。

「長旅のあとにマリーの淹れた紅茶を飲むと、ホッとする」

「そう言っていただけると嬉しいです」

マリーアンジュもダレンの隣に座り、紅茶を飲む。穏やかな時間の流れに少しだけ緊張の糸が緩んだ。

不意に、ダレンがマリーアンジュの髪に触れる。びくっとして咄嗟にダレンのほうを見ると、彼は驚いたような顔をしていた。

「ごめん、驚かせたかな？　ゴミがついていて」

ダレンは白い糸くずをつまんでいた。

「あ、ごめんなさい。ありがとうございます」

マリーアンジュは慌ててダレンに謝罪する。

（意識しすぎだわ……）

自分でもどうかしていると思う。先見の力は万能ではない。だから、あの光景が現実になるかはわからないのに。

マリーアンジュは額に手を当てて項垂（うなだ）れたのだった。


その日行われた晩餐会には、王族と聖女が参加していた。ゆうに二十人は座れそうな長いテーブルに、ユリシーズ国の国王夫妻と王族の面々、それに、聖女達が座っている。

メイドに促され、ダレンがクロードの正面に、その隣にマリーアンジュが座る。

（あ、ナタリー様だわ）

テーブルの一番端に座っているのは、以前プレゼ国に来た回復の聖女――ナタリーだった。

ナタリーはマリーアンジュと目が合うと、微笑みを浮かべて会釈する。マリーアンジュも微笑み返した。

マリーアンジュは失礼にならないよう、目の前に座る聖女達をうかがい見る。

（どの聖女様もお若いのね）

聖女達は皆、マリーアンジュとそう変わらない年頃に見えた。

（あら？）

マリーアンジュはふと、クロードの隣――自分の目の前に座る聖女に目を留めた。赤みを帯びた金髪に翡翠（ひすい）のような美しい緑色の瞳をしたその聖女に、見覚えがある気がしたのだ。

（どこかでお会いしたことがあったかしら？）

けれど、マリーアンジュはプレゼ国から出たことがなかったので、それは考えにくい。今日到着してからすれ違ったのかと思い返すが、それも違う気がする。

（他人のそら似ね）

マリーアンジュは祝福の聖女なので、多くの人達に祝福を与えてきた。その中で似た人がいたのかもしれない。

「このたびのプレゼ国一行の来訪を歓迎する」

全員が椅子に座ったところで、ユリシーズ国王が歓迎の言葉を発する。

「こちらこそ、温かい歓迎に深く感謝いたします」

ダレンがそれに応える。両者が杯を持ち上げ「両国のますますの繁栄に、乾杯」と声を合わせて言った。

晩餐会開始の合図で、次々と料理が運び込まれてきた。

空気が和んでくると、先ほどマリーアンジュが気にしていた聖女が、話しかけてきた。

「マリーアンジュ様。わたくしはユリシーズ国第二の聖女、ヴィヴィアン＝スレーでございます。お目にかかれて光栄ですわ」

「はじめまして。こちらこそお目にかかれて光栄です」

マリーアンジュは挨拶を返す。

(第二の聖女ってことは、この方はユリシーズ国の聖女の中で序列が二番目なのかしら?)

ダレンから以前、ユリシーズ国には聖女に序列があると聞いた。

目の前に座るヴィヴィアンの凜(りん)とした佇まい、所作からは洗練された印象を受ける。きっと、高位貴族出身もしくは相当厳しく礼儀作法を習ってきたのだろうと想像がついた。

わずかに上がった目尻と大きめの口のせいか、少しだけ気が強そうに見える。

「ユリシーズ国にはたくさんの聖女がいらっしゃいますが、浄化の祈りも分担してなさっているのですか?」

「国を五ブロックに分けて、それぞれの地域をひとりずつ担当します。残ったひ、ひとりは地域を担当しない代わりに、五人のうち誰かが休息を必要としているときに、代わりにその役目を負います」

「残ったひとり?」

七人の聖女がいると事前に聞いていたので、マリーアンジュは首をかしげる。五ブロックをそれぞれ担当するのであれば、残るのはふたりのはずだ。

ヴィヴィアンはすぐにマリーアンジュの考えていることに気づいたようだ。

「第一の聖女は王妃様ですので、浄化の仕事は行いません。六人で分担するのです。わたくし達は全員、大聖堂のそばにある建物で暮らしておりますので、急な体調不良なども皆で支え合ってフォローしているのです」

「なるほど。そういうことですか」

マリーアンジュは相づちを打つ。以前ナタリーがプレゼ国に来た際に、未婚の聖女は全員王都にある大聖堂に集められて集団生活を送ると言っていたことを思い出す。

そういうバックアップ体制があるからこそ、ナタリーが急遽プレゼ国を訪問することも可能だったのだろう。

プレゼ国とユリシーズ国の国土面積はさほど変わらない。そのプレゼ国をひとりで浄化し続けているマリーアンジュからすると、羨ましいシステムだ。

「それぞれ、受け持つ地域は決まっているのですか？」

「はい。東、西、南、北、中央と地域を分けて、それぞれの聖女は決まった地域を担当しています」

「へえ。ヴィヴィアン様はどちらの地域を？」

何気なく聞いたそのとき、ヴィヴィアンの表情がわずかに曇る。

「わたくしは、どの地域も担当しておりません。その……神聖力が少ないので」

「あら、そうなのですね。言いにくいことを聞いてしまい申し訳ございません」

マリーアンジュは慌てて謝罪する。

もしかしたら、神聖力が少ないことは彼女にとってコンプレックスなのかもしれない。無神経な質問をしてしまったとマリーアンジュは反省する。

「いえ、気になさらないでください。その代わり、誰かが聖女の役目を果たせないときはわたくしが担当します。先日、ナタリーがプレゼ国に行ったときも、代わりに浄化を行っておりました」

「そうだったのですね。我が国には聖女がふたりしかおりませんので、羨ましいわ」

思わず本音が漏れる。すると、それを聞いたクロードがくくっと笑った。

「マリーアンジュ殿は聖女の仕事にお疲れと見えるな」

「あら」

マリーアンジュは頬を赤くして口元を手で押さえる。余計なことを口走ってしまった。

「ええ、彼女はとても頑張ってくれています。だから、聖女以外の仕事はできるだけ軽くしてやりたいと思っています」

ダレンはマリーアンジュを見つめ、微笑む。その様子を眺めていたクロードは「プレゼ国では、国王は必ず聖女を娶ると聞いたことがある。それは誠か？」と質問してきた。

「ええ。昔、聖女をないがしろにしたら国に様々な災いが起きたという言い伝えがありまして、以後国王は聖女を娶り慈しむことと定められています」

ダレンが答える。

「様々な災い？　なるほど。魔女に墜ちたのか」

クロードは納得したようにつぶやいた。

「……魔女？」

聞き慣れない言葉にマリーアンジュは困惑した。聞こうと思って口を開きかけたが、先に言葉を発したのはクロードのほうだった。

「我が国には明文化された決まりはない。だが、暗黙の了解で同じような風習がある。歴史を振り返っても、記録がある限り王妃は全員聖女だ」

「確かに、王妃様も聖女でいらっしゃいますものね」

マリーアンジュは相づちを打つ。

いくらユリシーズ国では聖女がプレゼ国よりも多いとはいえ、聖女が貴重な存在であることに変わりはない。決まりがなくとも彼女たちを王妃にすることで、国外への流出を防ぎ、国の安寧を維持しているのだろう。

「我が国の王妃は安眠の聖女なんだ。子守歌を歌うことで、人々に心地よい眠りを与える。それで、毎晩父上が寝所に呼び寄せているうちに、恋に落ちたとか」

「クロード。そんなことまで話さなくても」

恥ずかしそうに右手を振ったのは、王妃その人だった。小柄で、すでに四十歳を超えているはずだがとても可愛らしく見える女性だ。

「では、おふたりは恋愛結婚なのですね」

「嫌だわ、マリーアンジュ様まで」

王妃は扇ぐように、マリーアンジュに向けて手を振る。だが、その様子は本当に嫌がっているようには見えなかった。きっと、素敵な恋をして結ばれたのだろうなと想像がつく。

「では、クロード殿下のお相手も聖女の可能性は高いのですね？」

ダレンが言うと、「そうだな」とクロードは頷く。

横に座るヴィヴィアンが顔を上げて期待に満ちた眼差しをクロードに向けるのを見て、マリーアンジュはピンときた。

「もしかして、お相手はすでに決まっているのですか？」

わくわくしながら尋ねると、意外なことにクロードは首を横に振った。

「いや。まだだ」

その瞬間、目に見えてヴィヴィアンはがっかりした表情になった。

「だが、近いうちに決めようと思う」

クロードが付け加えると、ヴィヴィアンの表情は一転して明るくなった。

（ふふっ、わかりやすいお方だわ。可愛い）

マリーアンジュは思わず口元を綻ばせる。

彼女の表情を見る限り、きっとヴィヴィアンは最も王太子妃の座に近い聖女であり、かつ、クロードのことが好きなのだろう。もしかしたら、恋人なのかもしれない。

「我が国には聖女が多いので、王太子以外の王子も聖女を妃に迎えることが多いのよ」

王妃が補足するように告げる。

「まあ、そうなのですね」

マリーアンジュは相づちを打つ。

（聖女が複数いらっしゃると、そういうこともあるのね）

数十年にひとりしか聖女が現れないプレゼ国では考えつかなかった風習だ。

（えーっと、ユリシーズ国の王子は四人だから……）

マリーアンジュは長テーブルに向かって座るクロード以外の王子の面々を順番に眺める。

一番年上は第一王子であるクロードで、一番下の第四王子はまだ十二歳だ。そして、第二王子と第三王子は王妃の実子であり、第一王子と第四王子は側妃の子のはずだ。

「クロードもそうだけど、フェリクスもそろそろ婚約者を決めないと」

王妃は首を伸ばし、ふたつ横に座る青年を見る。

（あの方がフェリクス様。たしか、ナタリー様を聖女だと見出したお方よね）

フェリクスは、兄のクロードとはまた雰囲気の違う青年だった。

さらさらの短い茶髪に、深い海のような青の瞳。鍛えているのか体つきはがっしりしているが、決して暑苦しい雰囲気はない。むしろ、穏やかで優しく、爽やかな印象を受けた。

「兄上を差し置いては、決められませんよ」

王妃に催促され、フェリクスは困ったように笑う。目元が母親である王妃によく似ていた。

「では、わたくしは皆様のよい知らせをいただけるのを楽しみにしております」

マリーアンジュは朗らかに微笑んだ。

その後も和やかに晩餐会は進み、三時間ほどでお開きになった。

「明日は大聖堂を案内させよう。朝になったら部屋に人をやる」

「ご配慮感謝します」

ダレンがクロードに頭を下げる。

「楽しみにしております」

マリーアンジュもクロードにお礼を言う。ダレンとふたりで部屋に戻ろうと思ったそのとき、クロードがダレンに声をかけた。

「ダレン殿。よければこのあと、少しふたりで飲まないか?」

「このあと?」

ダレンは少し迷うような仕草を見せたので、マリーアンジュは気を利かせて「では、わたくしは先に戻って休んでいます」と言った。

ダレンはマリーアンジュをひとりぼっちで部屋に戻すのを気にして逡巡したようだが、せっかくの機会を無駄にしてほしくはない。

ダレンはマリーアンジュの意図にすぐに気づいたようだ。

「わかった。では、またあとで」

「はい」

マリーアンジュはにこりと微笑み、ダレンとクロードに別れを告げる。

本音を言うと、ダレンと同室で寝るのは少し気まずいのでクロードが声をかけてくれて助かった。部屋に戻ると、王宮のメイド達がすぐに入浴と寝る準備を整えてくれた。

「お食事は楽しかったですか？」

入浴を終えたマリーアンジュの身の回りの世話をしていたエレンが、鏡越しに話しかけてきた。

「ええ、とても。明日はユリシーズ国の大聖堂を見せてもらえることになっているの。楽しみだわ」

「それはようございました」

エレンはマリーアンジュの髪を梳かしながら、相づちを打つ。

ユリシーズ国は聖地を抱く国。その大聖堂の規模も世界一と言われている。以前プレゼ国に来たナタリーも、ユリシーズ国の大聖堂はプレゼ国のそれよりだいぶ大きいと言っていた。

（今日は盛りだくさんの一日だったわ）

馬車で移動して、ユリシーズ国に到着して、晩餐会に参加して……。

（明日も楽しみだな）

マリーアンジュは満たされた気持ちで、心地よい眠りに誘われた。

◇◇◇

ダレンはクロードに誘われ、晩餐室のすぐ近くの部屋で彼と酒を酌み交わしていた。

お互いが将来は国王になる身。今から親交を深めておくことは、両国にとって有益だ。

「しかし、話を聞いたときは驚いた。王太子が交代するなど、前代未聞では？」

グラスを片手に、クロードがダレンを見つめる。

「ええ。兄上が大怪我をして、やむを得ない交代です」

「やむを得ない交代……か」

クロードはふっと笑い、酒を一口飲む。

含みのある言い方に、ダレンはクロードを見返した。

（単純に親交を深める、というわけでもなさそうだな）

王族の会話など、腹の探り合いがほとんどだ。

過去三回、ダレンはクロードに会ったことがある。どれも当時王太子だった兄の側近として参加した外遊でのことだ。

　人となりを完全に把握するほど知っているかと言われれば答えは否だが、なんとなく把握する程度の親交はある。クロードは頭の回転が速い、辣腕な策士だ。

「ダレン殿は王太子になって間もないというのに、敏腕を発揮してとても頼もしいという話が我が国にも届いている」

「そうですか。そう言ってもらえるのは光栄ですね」

　ダレンはにこりと微笑む。

「さすがはずっと王太子の補佐をしてきただけあるな。まるで、来たる日に備えていたかのようだ」

「どういう意味でしょう?」

　ダレンはスッと目を眇める。

「他意はない。気を悪くしたのなら謝ろう」

　そう言うクロードの顔には微塵(みじん)も反省の色は見えず、むしろダレンの反応をつぶさに観察して楽しんでいるように見えた。

「それにしても、マリーアンジュ殿はイアン殿から聞いていた話とだいぶ印象が違って驚いた」

「マリーは私の自慢の婚約者ですよ」

　イアンからどういうふうに聞いていたのかは知らないが、聞かなくとも想像がつく。

堅物、可愛げがない、面白みがない、あたりだろう。

今となっては、イアンがマリーアンジュの魅力を理解できない愚かな人間であったことに感謝すらしている。マリーアンジュの美しさと高潔さは、自分だけが知っていればいい。

「自慢の婚約者、ね。よほど魅力的なのだろうな」

「クロード殿も、すぐに魅力的な女性と婚約なさるのでは？」

「ああ。ぜひともそうしたいと思っている」

クロードは薄らと笑みを浮かべた。


ダレンは二時間ほど飲んでから、部屋に戻った。

天蓋付きのベッドの端を見ると、マリーアンジュはすやすやと寝息を立てている。

「熟睡だな」

ダレンは苦笑する。この状況に少しは緊張してくれるかと思いきや、こんなにぐっすりと眠られてしまうとは。

ダレンはマリーアンジュの髪をそっと撫でる。

「俺は眠れそうにない」

マリーアンジュの寝顔を眺めながら、ダレンは独り言ちる。

幼い頃からずっと恋い焦がれていた相手が、すぐ近くで寝ている。それで何も感じないほど、ダレンは聖人君子ではない。

だが、マリーアンジュの同意なしに彼女を傷つけるような行為をするつもりもない。彼女のことは、宝物のように大切に慈しみたいのだ。

「一晩中、きみの寝顔を眺めているのもいいかもしれないな」

ようやくこの寝顔を独り占めできる立場を手に入れたのだ。ダレンは眠る準備を整えるとマリーアンジュの横に横たわり、彼女の顔をまじまじと眺める。

『よほど魅力的なのだろうな』

ふと、先ほど言われたクロードの言葉が脳裏によみがえる。明らかに、クロードはマリーアンジュに興味を持っていた。

「マリー、きみは俺のものだ」

誰にも渡すつもりはない。

ダレンはマリーアンジュを抱き寄せると、額に触れるだけのキスをした。

◇◇◇

滞在二日目、マリーアンジュとダレンはユリシーズ国の大聖堂を見学させてもらった。

「本日はよろしくお願いいたします」

マリーアンジュは今日の案内役を買って出てくれたヴィヴィアンとナタリーに頭を下げる。

「こちらこそ、ダレン殿下とマリーアンジュ様をご案内することができて光栄ですわ」

一歩前に出て優雅にお辞儀を返したのはヴィヴィアンのほうだ。

「よろしくお願いいたします」

続けてナタリーもふたりに対してお辞儀をする。

ふたりの様子を見ていると、ナタリーは常にヴィヴィアンの一歩後ろを歩いており、明確な序列の差を感じた。

(この序列って、どう決まっているのかしら?)

マリーアンジュは内心不思議に思った。

ヴィヴィアンもナタリーも〝聖女〟という立場は同じはず。序列二位のヴィヴィアンが昨日、神聖力が少ないと言っていたことから、神聖力の量ではないはずだ。

(となると、元々の身分で決めているのかしら?)

聖女の役割と身分は無関係なはずなのに、なぜそんな決め方をしたのかと疑問が膨らむ。

「大聖堂は、この王宮と隣接して建っています。とは言っても、王宮も大聖堂もとても広いので、歩いて二十分ほどかかります。では、参りましょう」

ヴィヴィアンは王宮の出口へと伸びる廊下の先を腕で指し示す。ふたりに案内されて、マリーアンジュ達は大聖堂へと向かった。

「まあ、本当に大きいのね」

しばらく歩いて見えてきた大聖堂は、マリーアンジュが想像していた建物よりさらに一回り大きかった。

真っ白の石でできた外壁には至る所に彫刻が施され、一部は金色に塗られている。それだけを切り取ったら王宮だと言っても通じるような、優美さと荘厳さを兼ね備えた建物だ。

「この大聖堂はユリシーズ国でも特別なのです。最も歴史が長く、最も規模も大きい。聖女の始まりは、聖地に降り立った神使がお気に入りの娘に特別な力を与えたことだと言われています。そして、その特別な力を授かった娘——祝福の聖女が聖なる力を最初に使ったのがこの地だとも」

マリーアンジュは興味深く、その話に聞き入る。

今ヴィヴィアンが説明した聖女伝説は、プレゼ国の古い文献にも記載が残っている。だが、どこかおとぎ話を聞いているような感覚だったので、実際にその初代聖女ゆかりの地を訪れることができて、感慨深い。

建物の中に入ると、その内装に驚いた。

(真っ白……)

高さ十メートルはありそうな天井や壁には随所に彫刻が彫られているものの、一面が真っ白だった。そして、その真っ白な壁の所々に人の背丈よりも大きな絵が飾られている。

マリーアンジュの普段訪れるプレゼ国の大聖堂は壁や天井一面にたくさんの絵が描かれており、柱には彫刻が彫られていた。そして、随所に金箔が貼られた豪華な造りだ。

ナタリーがプレゼ国に来た際、ユリシーズ国の大聖堂は白を基調としていると言ってはいたが、ここまで真っ白だとは思っていなかった。

（ここ、まるで――）

――廟堂みたいだわ。

そう思いかけて、マリーアンジュは首を振る。

今の考えは、他国の文化施設に対してとても失礼だったと反省する。

（以前ナタリー様がおっしゃっていたけど、本当にたくさんの絵を飾っているのね）

マリーアンジュはちょうど近くにあった絵画を眺める。若い女性が大空に向かって両手を広げており、彼女の見る方向――空には羽の生えた美しい男がいる。

「ここにある絵は、どれも聖女伝説のワンシーンを描いたものです。この羽の生えた男性は神からの使い、女性は彼が気に入った人間の子です」

マリーアンジュの視線に気づいたヴィヴィアンが説明する。

「へえ……」

マリーアンジュは興味深くその絵画を眺める。

幼い頃から慣れ親しんできた聖女伝説のワンシーンをこうして眺めるのは、なんだか不思議な気分だ。

「素敵な絵ですね。エレンも連れてきたら喜ぶかも」

「エレン？」

ヴィヴィアンが首をかしげる。

「あ。今回の外遊に同行しているわたくしの侍女です」

マリーアンジュは慌てて補足する。

エレンやバルトロ、それに同行した近衛騎士達には空いている時間は自由に過ごしてよいと伝えてある。きっと王宮のパブリックスペースの散策でもしていると思うが、少し距離のあるここには気づかないだろう。

「この大聖堂は、午後の数時間だけ一般にも開放しております。そのときにぜひ」

「そうなのですね。教えてくださりありがとうございます」

マリーアンジュはお礼を言う。

奥に進もうとしたそのとき、大聖堂の入り口から近衛騎士が近づいてきた。

「ヴィヴィアン様。クロード殿下がお呼びです」

「え？　今？」

ヴィヴィアンは少し困惑したような顔をしたが、すぐにマリーアンジュとダレンのほうを見る。

「申し訳ございません。少し外させていただいても？」

「もちろんだ」

ダレンが頷くと、ヴィヴィアンは申し訳なさと安堵の入り交じったような表情を浮かべる。

そして、「ではのちほど」と頭を下げて近衛騎士と共に入り口のほうへ歩いていった。

「クロード殿下はヴィヴィアン様を気に入っておられるのですね」

マリーアンジュはそれとなく、ナタリーに尋ねる。

「気に入っているというか……いつもそばに置いておられます」

（どうかしたのかしら？）

ナタリーの少し歯切れの悪い反応を、マリーアンジュは不思議に思う。ナタリーは愁いの交じる表情でヴィヴィアンの立ち去った大聖堂の入り口のほうを見ていた。

「つかぬことをお聞きしますが、ユリシーズ国の聖女の序列はどう決まっているのですか？

聖紋が現れた順、もしくは王族が決める？」

先ほどマリーアンジュも思った疑問を、ダレンがナタリーに尋ねる。

「第一の聖女は王妃様と決まっています。第二の聖女以下は、基本的に聖女の力が強い順です」

「基本的に？」

「聖女の力が同じくらいであれば、家格が高い方が優先されます。私は祈りを捧げるとすぐに神聖力が少なくなってしまいますし、回復の力で完全に治すには何回か祈りを捧げなければならないことも多い。それに、平民出身なので、一番下の第七の聖女です」

「答えにくい質問をしてしまったな。悪かった」

謝罪したダレンに対し、ナタリーは「大丈夫です。気になさらないでください」と首を左右に振る。

「では、ここからは私がご案内しますね」

ナタリーは気を取り直したように、案内を始める。

何枚かの絵を眺め、次の絵を見たマリーアンジュは立ち止まった。

（なんだか、陰鬱な絵だわ。こんなシーン、聖女伝説にあったかしら？）

それは、若い女が男達に囚われて引きずられている絵だった。引きずられている女は何か罪を犯したのだろうか。男達は何かを叫び、険しい表情を浮かべている。女は体を、腕ごと紐（ひも）で縛られていた。

「あら？」

マリーアンジュはその絵の一部を見ておやっと思う。女の肩に、聖紋のようなものが薄らと描かれていたのだ。

「この捕らえられている女性は、聖女なのですか？」

「はい。……マリーアンジュ様とダレン様は魔女をご存じですか？」

「魔女？」

マリーアンジュは聞き返す。

（そういえば、クロード様もたしか〝魔女〟という言葉を口にされていたわね……）

マリーアンジュは、昨日クロードが何気なくつぶやいた言葉を思い出す。あのときも不思議に思ったのだが、結局聞くタイミングを逸してしまったのだ。

「いや、知らない」

横にいるダレンは首を横に振った。

「魔女とは、聖女の力を悪用した者達のことです」

「聖女の力を悪用？」

「はい。伝承では、闇の精霊の力を借りると」

マリーアンジュとダレンは顔を見合わせる。

プレゼ国の聖女教育では、精霊は全部で五種類とされている。光の精霊、大地の精霊、火の精霊、風の精霊、水の精霊だ。闇の精霊については、一度も話を聞いたことがない。

「闇の精霊の力を借りたとき、聖女は国家にとって脅威になります。だから、そもそも存在自体を伝えないようにしていたのかもしれませんね」

ふたりが全く知らない様子を見せたことに、ナタリーは納得したように頷く。

「闇の精霊とは、いったい？」

ダレンが尋ねる。

「その名の通り、光の精霊の対極にある精霊です。光の精霊によって聖女は浄化を行いますが、闇の精霊は瘴気を濃くして世界に不浄を広げます」

マリーアンジュは、その説明を聞き、立ち止まる。

「それはすなわち、聖女は世界を浄化することもできれば、闇の精霊の力を借りて意図的に不浄にすることもできるということですか？」

「ええ、そう言われております」

ナタリーは頷く。そして、大聖堂の奥へと視線を向ける。

「さあ、奥にご案内します」

ナタリーは歩きだす。

（聖女は意図的に不浄を引き起こすこともできるですって？）

にわかには信じられず、マリーアンジュはナタリーの後ろ姿を見つめたまましばらく動くことができなかった。

◇◇◇

マリーアンジュとダレンが大聖堂を案内されていたそのとき、イアンもまたユリシーズ国に到着していた。

「クロード殿。このたびはどうお礼を言っていいか。聖女の力を貸していただき、本当に助かりました」

イアンは、ローテーブルを挟んで向かいに座るクロードに改めて礼を言う。自分がこうして不自由なく生活できるようになったのは、クロードの計らいのお陰に他ならない。

「困ったときはお互いさまだ。俺とイアン殿の仲ではないか」

クロードはそこでいったん言葉を切ると、眉根を寄せる。

「なんでも、魔獣に襲われたとか。大変な目に遭われたものだ」

「ええ、そうなのです。これもそれも、マリーアンジュが浄化を怠ったから――」

「マリーアンジュ殿が？」

「ええ。あの女は聖女どころか、とんでもない悪女です。ダレンと共謀して私を騙し陥れ、王太子の座を奪った」

イアンは奥歯をぎりっと噛みしめる。

今思い出してもはらわたが煮えくり返る。

プレゼ国に瘴気が蔓延し始めたときに、イアンはプライドを捨ててマリーアンジュに頭を下げ、助けを請うた。それなのに、彼女はそれをあっさりと切り捨てたのだ。

そして、ダレンに至っては大怪我をしたイアンにまるで虫けらを見るかのような蔑んだ眼差しを向けた。

証拠はないが、ふたりが共謀してイアンを陥れ、王太子の座を奪ったのは明らかだ。

黙ってイアンの話に耳を傾けていたクロードは、沈痛な面持ちを浮かべた。

「察するに余りある状況だな。まさか、そんなひどいことをする人間がいるとは」

「あいつらは人間ではない！　悪魔だ」

「悪魔、ねぇ……」

クロードはどこを見るでもなく宙に視線を投げる。部屋の中に沈黙が訪れた。

(信じてもらえないか)

イアンはぎゅっと、膝の上で両拳を握りしめる。

非常に腹立たしいことに、ダレンとマリーアンジュはなぜか周囲の人間から絶対的な信頼を得ていた。

魔獣に襲われた一件のあと、イアンは父である国王をはじめとして、ありとあらゆる人間にイアンとマリーアンジュの悪行を訴えた。しかし、それをまともに取り合う人間はひとりもいなかった。

『イアン殿下は魔獣に襲われたショックで混乱されているのです』

返ってくる言葉は、イアンを失望させるものばかりだ。唯一聞いてくれるのは、サラートくらいのものだ。

「父上に、体が元に戻ったのだから元通り俺を王太子に戻すようにとお願いはしたのです。ところが父上は、『それは無理だ』と言って取り合ってくれなかった。どうも、正式な立太子の手続きを踏んで王太子になったダレンを、そう簡単に廃太子することはできないらしく……。王族に相応しい行動を心がければ私の待遇は考えるとのことなので努力してはいるのですが、うまくいかない」

「それは困りましたね」

クロードはややおおげさにも思えるため息をつく。

(なんであんな奴らが!)

怒りで拳が震える。

そのとき、クロードが口を開いた。

「もしイアン殿の話が本当なら、看過できないことだ」

目を伏せていたイアンは顔を上げた。クロードは眉根を寄せ、悩ましげな表情をしている。

「ここだけの話ですが」

クロードは少し声を潜めて、イアンに顔を寄せる。

「俺はプレゼ国の王太子はイアン殿のほうが相応しいと思っている」

イアンはハッと息をのむ。

(ルシエラ侯爵の言う通りだ。クロード殿は俺を支持している)

サラート以外で初めて自分を認める存在に出会えたことに、喜びが広がる。しかも、それが隣国の王太子というやんごとなき立場の人間なのだから、なおのことだ。

「確かにダレン殿はイアン殿の側近を長い間務めていただけあり、要領よく王太子としての執務をこなされているようだ。立太子してすぐに仕事をテキパキとこなす姿は、臣下にはさぞ頼もしく見えるでしょう。だが——」

クロードは真っすぐに射貫くようにイアンを見つめる。

「おふたりを知っている俺に言わせると、イアン殿のほうがプレゼ国の王になるに相応しい。我々には深い友情がある。もしイアン殿が即位すれば、両国の絆はいっそう深まるだろう」

「深い友情……？」

その言葉は、イアンの心に深く染み入る。

（そうだ。やはりダレンなんかより俺のほうが王に相応しいはずだ）

砕けかけていた自信が、またムクムクと深まってゆく。だがそれと同時に、絶望も大きくなる。

なんとかして王太子に戻りたい。だが、その方法が思いつかないのだ。

母親のシャーロットは幼い頃からイアンに甘い。だから、最後はシャーロットに泣きつけばなんとかなると高をくくっていた。

たが、それも駄目だった。万策尽きているのだ。

唯一の頼みの綱である国王の『王族に相応しい行動をとれば——』というのが具体的にどれ

くらいの期間、どういう行動を示せばいいのかわからず、焦燥感だけが募ってゆく。国王に直接聞いても『自分で考えることに意味がある』と突き放されてしまう。

（このままでは、俺が王太子の座を奪い返す前にダレンが即位してしまう）

イアンはぎゅっと拳を握りしめる。

「なんとかしてダレンから王太子の座を奪うことができれば……」

イアンの口から、ぼそりと声が漏れる。それを聞いたクロードはにんまりと口の端を上げた。

「では、奪えばいいのでは？」

「え？」

イアンは驚いてクロードの顔をまじまじと見る。今言われた言葉は聞き間違えなのではないかと確信が持てなかったのだ。

クロードはイアンを真っすぐに見つめており、その表情にはおどけた様子は見えなかった。

「奪いたいなら、奪えばいい」

クロードは少しだけ口元に笑みを浮かべ、先ほどと同じ言葉を繰り返す。

「ダレン殿は長らく、イアン殿の補佐をしていた。イアン殿が主で、ダレン殿は側近。どちらが優れているかは明らかだ」

「どちらが優れているか」

イアンは口の中でその言葉をつぶやく。

クロードの言う通りだ。イアンには過去十九年間王太子をしてきた実績がある。

『奪いたいなら、奪えばいい』

先ほどクロードに言われた言葉がよみがえる。

（そうだ。ダレンだって、マリーアンジュと結託して俺から王太子の座を奪ったじゃないか）

どす黒いものが自分の中で湧き上がるのを感じた。

拳を握りしめるイアンを見つめ、クロードはふっと笑う。

「イアン殿の滞在中、狩猟の宴を開くつもりだ。一日空けて二回に分けて行う予定になっている。狩猟は事故も起こりやすいから、気をつけなければならないな」

「それは――」

意味ありげなクロードの笑みを見て、イアンはゴクリと唾を飲む。

クロードははっきりと明言しなかったが、狩猟中の事故に見せかけてダレンを傷つければ、王太子の座から引きずり下ろすことも可能なはずだ。

だが問題もある。残念ながら、イアンは狩猟が下手くそだった。狙ったところでダレンには当たらないだろう。最悪、別の誰かを殺めかねない。

それを話すと、クロードは「問題ない」と言った。

そのとき、トントントンとドアをノックする音がする。

「クロード様。ヴィヴィアンでございます」

若い女の声がする。

「ようやく来たか」

クロードがドアのほうを見る。

「入れ」

クロードが命じると、ドアが開いた。そこに現れたのは、赤みを帯びた金髪の、目鼻立ちのはっきりとした美女だ。

「彼女はヴィヴィアン＝スレー。ユリシーズ国の第二の聖女だ」

クロードは簡潔に、ヴィヴィアンの紹介をする。

「プレゼ国の第一王子――イアンだ」

「お目にかかれて光栄ですわ」

ヴィヴィアンは優雅にお辞儀をする。けれど、その表情には『なぜ自分がここに呼ばれたのかわからない』という困惑の気持ちが見え隠れしていた。

「ずいぶんと遅かったな？」

「申し訳ございません。ダレン殿下とマリーアンジュ様に大聖堂のご案内をしていたので」

不機嫌そうに問いかけたクロードに、ヴィヴィアンは謝罪する。

「大聖堂？　ああ、そうだったな」

クロードはつまらなそうにつぶやくと、ヴィヴィアンに近くに寄るように命じる。

「イアン殿の望みを叶えるために、ひとつ力を貸そう。ヴィヴィアンは〝強化の聖女〟だ」

「強化の聖女？」

イアンは訝しげに聞き返す。元々イアンは聖女のことをあまりよく思っていなかったので、聖女についてきちんと学んでこなかった。強化の聖女のことも、もちろん知らない。

「強化の聖女は数時間だけ、人の持つ様々な能力を劇的に高めることができる」

「それで、強化の聖女……」

イアンはつぶやく。

「この聖女の能力を、特別にイアン殿に貸そう」

（強化の聖女の力を貸す……）

つまり、普段のイアンとは比較にならない能力を引き出すことが可能になるということだ。狩猟の腕も上がるはずだ。

「何から何まで、深く感謝いたします」

「何。礼には及ばない」

深々と頭を下げるイアンに対し、クロードは朗らかに笑った。

目の前に広がる景色に、マリーアンジュは目をキラキラと輝かせる。

「なんて素敵な場所なの！」

滞在三日目のこの日、マリーアンジュとダレンはクロードに案内され、聖地があると言われている島が浮かぶ湖に来ていた。イアンとヴィヴィアン、それにナタリーも一緒だ。

まるで海のように広い湖は透明度が高く、岸辺からでも水底がしっかりと見える。そして、湖の奥には大きな島が見えた。うっそうと木が茂っているので島の内部の様子はわからず、青空にもかかわらずその島の上空だけは厚い雲がかかっていた。

「神に使わされた神使はこの聖地に降り立ち、人間の娘と出会った。そして、娘に特別な力を授けた」

マリーアンジュの横でそう言ったのは、ナタリーだ。プレゼ国でもよく知られる、聖女の始まりの話。

（神使様はどんなお姿をしているのかしら？）

マリーアンジュは湖の中央に浮かぶ大きな島——聖地を眺める。

伝承では、このときに現れた神使は背中に翼を持った美しい男だったという。だが、あくまでも伝承なので、のちに想像でつくられた話である可能性もある。

不思議な気持ちでその島を眺めていたそのとき、耳元で誰かが囁いた。

「ねえ、祈って！」

「え？」

びっくりして、マリーアンジュは首を回して自分の肩の辺りを見る。しかし、誰もいない。

（気のせいかしら？）

気を取り直して再び聖地のほうを見ていると、また「ねえ、祈ってくれないの？」と聞こえた。それに「きゃははっ！」と陽気に笑う声も。

（絶対に聞こえたわ）

マリーアンジュはぐるんと体を回し、今度はしっかりと後ろを振り返る。

「誰もいない……」

見回しても、今さっきマリーアンジュが抜けてきた林が広がっているだけだった。

（まさか、幽霊？）

実はそういった類いのものは苦手なのだ。マリーアンジュは青ざめる。

「マリー、どうした？」

マリーアンジュの様子がおかしいことに気づいたダレンが、不思議そうに尋ねてくる。

「今、誰かの声がした気がしたのです」

マリーアンジュは怯(おび)えてダレンの服の端をしっかりと握る。

「誰かの声？」

ダレンも後ろを振り返るが、誰がいるわけでもない。

「マリーって言うんだね！　よろしく、マリー」

「また聞こえたわ」

　気のせいではなく、はっきりと聞こえた。そのとき、ふたりの会話を聞いていたナタリーが「もしかして――」と言う。

「それは、精霊の声ではありませんか？　この辺りには、精霊がたくさんおりますので」

「精霊の声？　祈りを捧げたとき以外でも聞こえるものなのですか？」

　マリーアンジュは驚いて聞き返す。

　マリーアンジュが精霊の声を聞くときは、いつも祈りを捧げたあとだ。『願いを叶えましょう』と頭に直接響くような声がするのだ。

「人によるのですが、この辺りは聖地に近く精霊も活動的なので、聖女としての力が強い方は聞こえることがあるようです。私には聞こえませんが、ヴィヴィアン様は時折聞こえるようです」

「ヴィヴィアン様が？」

　マリーアンジュは二メートルほど離れた場所に立っていたヴィヴィアンに話しかける。

「ヴィヴィアン様。ヴィヴィアン様は精霊の声が聞こえるのですか？」

「え？　はい。ごくたまにですが」

　マリーアンジュの問いに、ヴィヴィアンは頷く。

（じゃあ、本当に精霊なのかしら？　言われてみれば、さっきから『祈って』って言っているわね）

「あなたは精霊さんなの？」

マリーアンジュがおずおずと空中に向かって問いかけると「そうだよ」と声が返ってきた。

「ねえねえ、祈ってよ。マリーは祝福の聖女でしょ？」

「え？」

また祈ってと頼まれて、マリーアンジュは戸惑った。

「精霊は、なんと？」

ダレンが尋ねる。

「祈って、と言っているんです」

マリーアンジュは戸惑いつつも、答える。

ここはプレゼ国ではない。他国の聖女が勝手に祈りを捧げるのもどうかと思い、マリーアンジュは念のため、クロードに確認することにした。

「クロード殿下。精霊が『祈って』と言っているのですが、祈ってもよろしいでしょうか？」

「マリーアンジュ殿は精霊の声が聞こえるのか？」

クロードは、驚いた顔をした。

「確信はないのですが、ナタリー様がそうではないかと。聖地の近くに来たら、急に声が聞こえるようになったのです」

「ヴィヴィアンは今、精霊の声が聞こえるか？」

クロードに問いかけられ、ヴィヴィアンは首を横に振る。

「いいえ」

（じゃあ、わたくしの勘違い？）

マリーアンジュは迷った。

けれど、確かに先ほどから不思議な声が聞こえる。絶対に空耳ではない。

「試しに祈ってみても？」

「もちろん構わない」

クロードは頷く。

「ありがとうございます」

マリーアンジュはお礼を言い、ふと気づく。

「一概に祈ると言っても、どの祈りがいいのかしら？　浄化？」

マリーアンジュは迷い、独り言ちる。すると、周囲から「祝福！」「祝福！」と精霊達の大合唱が聞こえてきた。

「誰に対しての祝福？」

いつも、祝福は誰かしらの人に対して行う。まさか、姿の見えない神使に祝福を送るのだろうか。

マリーアンジュの前に、ぽわっと鈍い光が現れる。

「この大地と人々に、だよ」

元気のよい声は、その光から聞こえた。はっきりとその姿を認識することはできないけれど、この光は精霊の放つものなのだろう。

「わかったわ」

マリーアンジュはその場にひざまずく。体の中に溢れる神聖力の流れを意識しながら、胸の前で両手を組んだ。

「この大地と人々に、祝福を」

大人数に対して一気に祝福をしたことなど一度もないけれど、精霊達の言う通りにマリーアンジュは祈りを捧げる。

「聖女よ、願いを叶えましょう」

いつものように、頭の中に直接響くような声。「わーい、わーい」と喜ぶたくさんの声も聞こえてきた。

そして、マリーアンジュの周囲がまばゆい光に包まれ、それが周囲に広がってゆく。

「え？」

マリーアンジュは驚いて、自分の体を見つめる。

祝福の祈りを捧げるときは手元に多少のきらめきが見えるものなのだが、こんなに大きな光に包まれたことは一度もなかったから。

それに、自分の中から神聖力が溢れ出るような不思議な感覚がした。

(ここが聖地だからかしら?)

祈りを捧げたのに、疲労感をほとんど感じない。

「マリー、ありがとー。祝福だー」

「わーい」

精霊達がはしゃぐ声が聞こえる。

「どういたしまして」

姿は見えないけれど、確かにそこに精霊達がいる。それを感じ取り、マリーアンジュは笑みをこぼした。

一方、その一部始終を見ていたクロードは食い入るようにマリーアンジュを見つめていた。とても驚いている様子だ。

「……マリーアンジュ殿は、ずいぶんと聖女の力が強いのだな」

「そうでしょうか? プレゼ国には聖女が王妃様とわたくししかいないので、よくわかりません」

マリーアンジュは曖昧に濁す。

いつもはあんな大きなきらめきは起きないし、自分の聖女の力が強いのか弱いのかもよくわからない。

「わからないだと？　とても強いし、神聖力も豊富なはずだ。そうでなければ、精霊の声は聞こえない」

「そうなのでしょうか？　ありがとうございます。ユリシーズ国に来てからというもの、聖女について知らなかったことをたくさん知れて、とても勉強になっています」

自分の聖女の力が強いと言われ、マリーアンジュは素直にお礼と感謝の気持ちを伝えた。

聖紋が現れてから聖女について色々と勉強してきたが、ここユリシーズ国に来てから新しく知ることがたくさんだ。来てよかったと思うし、この機会をつくってくれたクロードには感謝している。

「そうか、それはよかった。ユリシーズ国の大聖堂の地下に、建国以来の聖女に関する資料が集められた場所がある。そこも見てみるか？」

「え？　そんな場所があるのですか？」

マリーアンジュは聞き返す。昨日、ナタリーに大聖堂を案内してもらったときには何も言っていなかったように思う。

「え？　でも……殿下、よろしいのですか？」

クロードの横で黙ってふたりの会話を聞いていたヴィヴィアンが、クロードに囁く。

「構わない」

クロードは、首を縦に振る。

（どうかしたのかしら？）

ふたりの様子を不思議に思ったマリーアンジュが目を瞬くと、クロードはすぐにそれに気づいたようだ。

「ああ、こちらの話で済まない。そこは、王族のみが立ち入れる場所なんだ」

「え、そうなのですか？　わたくしがそんな場所にお伺いしてもよろしいのでしょうか？」

マリーアンジュはおずおずと尋ねる。

興味があるし行きたいのは山々だが、もしかして機密事項でもあるのかと思ったのだ。

「構わない。俺と一緒であればな。明日、午前中は狩猟の宴があるが、午後は空いている。そのときはどうだ？」

「はい、ぜひ！」

マリーアンジュはこくこくと頷く。

ユリシーズ国の大聖堂の、王族だけが立ち入れる場所にある、聖女の資料。

聞いただけでもわくわくしてくる。

「クロード殿下。そこには私も行っても？」

マリーアンジュの横で話を聞いていたダレンが尋ねる。

「……もちろん。時間が空いていれば、来てくれ。だが、明日は狩猟の宴があるから無理はしないでほしい」

クロードはダレンに視線を向け、少しだけ口の端を上げた。

（そういえば、明日は狩猟の宴って言っていたわね）

狩猟の宴は貴族の社交でよく行われる遊びのひとつだ。

決められた森を舞台に狩猟を行い、制限時間内に仕留めた獲物の総量が一番重かった者が優勝する。今回はユリシーズ国側が、プレゼ国の一行と国内貴族が交流する場として企画してくれた。チーム対抗で半日の狩猟を間一日空けて二日行い、その二日の合計で競う予定だ。

（狩猟といえば――）

マリーアンジュは、少し離れた場所にいたイアンを見る。

「……イアン殿下は参加されるのですか？」

「当たり前だろう。何を言っている」

イアンはいかにも心外だと言いたげに、眉根を寄せた。

（あら、珍しい）

マリーアンジュはその反応を見て意外に思う。

マリーアンジュと婚約していた頃のイアンは、猟銃を扱うのがうまいとはお世辞にも言いがたかった。

誰も口にはしなかったが本人もそれはわかっていたようで、あまり狩猟には行きたがらなかった。行っても負けてしまうので、彼のプライドが許さないのだ。

唯一参加するのはチーム戦のときのみで、そのときは同じチームで参加していたダレンがほとんど全部を仕留めてチームの成績を牽引していたと記憶している。

(終わったあとに、機嫌が悪くならないといいけれど)

以前は側近をしていたダレンがイアンのことをうまく宥めてハンドリングしていたが、今は違う。イアンが不機嫌になると周囲にいる従者達がとばっちりを食らうので、どうか彼らが平穏に過ごせるようにと願う。

「だいぶ太陽が高くなったな。このあとは、ここから一番近い町へとご案内しよう」

タイミングを見計らったように、クロードが一行に声をかけた。

「地下の資料室に行けるのは羨ましいです。私は一度も行ったことがないので」

歩きながら、ナタリーがマリーアンジュに話しかける。

「え、そうなのですか?」

マリーアンジュは驚いた。てっきり、ユリシーズ国の聖女は皆、クロードに同行してそこに行ったことがあるのだと思っていたから。

「はい。行ったことがあるのは、ヴィヴィアン様だけです」

「へえ……」

（そんな場所、本当にわたくしが行ってもいいのかしら？）

不安になるが、王太子であるクロードがいいと言っているのだからいいのだろう。

（しっかりと勉強してプレゼ国に帰ったときに役立てなきゃ）

マリーアンジュは心の中で、自分に活を入れた。

二十分ほど歩いて森を抜けた場所に広がる町は、賑やかな王都とは打って変わってのんびりとした空気が流れていた。畑の青々とした葉の合間からはたくさんの野菜が実っているのが見え、柵で囲われた牧草地では放牧された牛が美味しそうに草を食べている。

「とてもたくさんの野菜が育っていますね」

「我が国には〝緑の聖女〟がいるからな」

クロードは自慢げに胸を張る。

「どの聖女にも五穀豊穣をもたらす豊穣の祈りを捧げる力がありますが、それと緑の聖女の力はどれくらい違うのでしょうか？　効果が違うと耳にしたことがあるのですが……」

ダレンはクロードに尋ねる。

「どちらも〝豊作に導く〟という効果の点は同じだ。だが、緑の聖女の祈りのほうが、植物が育つスピードが速く、収穫期間も長い。だから、同じ広さの畑でも緑の聖女が祈ったときのほうが、収穫量が多い。大体、五割増しだ。それに、緑の聖女は害虫に冒された植物を元気に戻すこともできる」

「五割増しに、害虫の被害も消し去るのですか」

ダレンは感心したようにつぶやく。

「ユリシーズ国の国力が強いのにも頷けます」

「まあな。聖女のことは、各々の能力を最大限に利用できるよう、しっかり管理している」

クロードは気をよくしたように説明する。

(各々の能力を最大限に利用できるよう、しっかり管理?)

マリーアンジュはその言い方に引っかかりを覚えた。まるで、労働者を使役する悪徳商人のような言い草に聞こえたのだ。

しかし、そう感じたのはマリーアンジュだけだったようで、他の人は誰も気にも留めていない様子だ。

「次は、町の裁判所に案内する」

クロードを先頭に、一行は歩きだす。

なんとなくもやもやしたものを感じて立ち尽くしていると、ダレンが遅れているマリーアンジュに気づき、立ち止まって振り返った。

「マリー。どうした? 疲れた?」

「いいえ! 大丈夫です」

マリーアンジュが駆け寄ると、ダレンは彼女の手を握った。

「疲れたら遠慮なく言ってくれ」

「はい。ありがとうございます」

マリーアンジュは笑顔で頷く。

（考えすぎね）

違和感を抱いてしまったのは、自分自身が聖女だからかもしれない。それに、ここはプレゼ国ではない。聖女の人数も多いし、聖女に対する認識にも違いがあるのだろう。

マリーアンジュは小さく首を振ると、ダレンと共に歩きだした。

◇　メアリー＝リットンの行く末

——こんなはずじゃなかった。

もう何度、同じことを思っただろう。

豪華な衣装と宝飾品をまとい、王宮の煌びやかな部屋で皆にかしずかれ、国一番の尊い女性として崇められる。そんな未来予想図は、脆くも崩れ去った。

リットン男爵令嬢のメアリーは、離宮からぼんやりと外の景色を眺める。どこまでも田園風景か続き、遥か向こうには小高い丘と森が見えた。

「ほんっと、つまんない場所」

美味しいスイーツのお店もなければ、人気の演目をやっている豪華な歌劇場もない。煌びやかなアクセサリーを売る店もなければ、流行のドレスを売る仕立屋もない。

周囲に広がるのは、壮大な自然だ。

ふと、遠くから「メアリーを呼べ」という叫び声が聞こえてきた。その声が聞こえた瞬間、元々沈んでいたメアリーの気分は、深淵の底にまで沈み込む。

しばらくすると、トントントンとドアを叩く音がした。

「メアリー様。イアン殿下がお呼びです」

ドアが開き、メイドが呼びかけてくる。

「体調が悪いの」

メアリーは外を眺めたまま、メイドのほうを振り向きもせずに答える。

「しかし……」

「体調が悪いって言っているのよっ！ そんなくだらないこと言ってる暇があったら、紅茶のひとつでも用意しなさいよ、鈍くさいわね！」

なおも説得を試みようとしたメイドを、メアリーは一喝する。

「も、申し訳ございませんでした」

メアリーの剣幕に恐れをなしたメイドは、怯えたように謝罪すると足早に去っていく。遠ざかる足音を聞きながら、メアリーはふうっと息を吐く。

「やっといなくなった。誰が行くかっつーの」

メアリーが思い描いていたのは、あんな大怪我を負って廃嫡された男の世話をしながら田舎で過ごす暮らしではない。

口汚く吐き捨てた言葉は、誰の耳に入るでもなくかき消えた。


――メアリーがイアンと出会ったのは、プレゼ王立学園への入学がきっかけだ。メアリーが入学した年に、イアンも新入生としてプレゼ王立学園に入学してきたのだ。当時、イアンはプレゼ国の王太子だった。

見目麗しくて、優しくて、自信に溢れたこの国の第一王子。すぐに、彼のことが欲しいと思った。

だって、王子様だから。

偶然を装い先回りして顔を合わせ、小さなきっかけを見つけてはさりげなく話しかけ、彼を射止めるためにありとあらゆる努力を重ねた。

そしてようやくこの国の王太子の心を手中に収めたというのに——。


「誰よ、あれ」

今のイアンはちっともかっこよくない。

いつも怒鳴っているし、眉間には皺が寄っているし、髪は乱れているし、挙げ句の果てに王太子ですらなくなった。

メアリーが恋したのは凜々しく堂々とした未来の国王だったのに、あんなの違う。

——だから、捨てることにした。

「ねえ」

メアリーはお茶を淹れているメイドに声をかける。メイドはびくっと肩を揺らした。その拍子に、ティーカップから紅茶がこぼれてソーサーにたまる。

「何やってるのよ!」

「申し訳ございません」

メイドはすぐに頭を深く下げ、謝罪する。

「まあいいわ。それより、出かける準備をしてほしいの」

「どこかにお散歩に行かれるのですか？」

メイドはおずおずとメアリーに尋ねる。

「はあ？　違うわよ。こんなところ、出ていくの。殿下にはそうね……実家に帰るとでも言っておいて」

メアリーはメイドを睨みつけ、きっぱりと言いきった。そして、大事にしまっていた手紙を取り出し、読み返す。


――この手紙がメアリーの元に届いたのは、離宮での生活にいい加減辟易していた頃だった。

『援助をしてくれる方が見つかった？』

父から届いた手紙を、メアリーは食い入るように読む。

メアリーの実家であるリットン男爵家は、石炭鉱山を掘り当てたことで、一代で財を成した新興貴族だ。

産業が急速に発達しつつある近年、石炭は飛ぶように売れた。それに伴い、リットン男爵家が運営するリットン商会は右肩上がりで業績を伸ばすことになる。

そして、ついには爵位を金で買い、貴族にまで成り上がったのだ。

順風満帆な日々。

それが崩れたのは、メアリーがマリーアンジュから聖女の力を託されてからだった。

リットン商会の主要取引先が、次々と取引を停止すると言い出した。経営が傾きだしたリットン商会に代わって台頭してきたのは、マリーアンジュの実家であるベイカー侯爵家が実権を握る新規参入の会社だった。

(やられた!)

父から状況を聞いて、すぐにベイカー侯爵家が手を回してそう仕向けたのだと悟った。

しかし、気づいたときにはすでにあとの祭り。

メアリーはどうすることもできず、没落する実家をただ見ていることしかできなかった。

そして、ついには離宮に蟄居(ちっきょ)したイアンのもとに送られ、メアリーはこのつまらない片田舎で過ごす羽目になったのだ――。


「でも、そんな日々も終わりだわ」

メアリーは喜色の滲む声でつぶやく。

リットン男爵家はリットン商会の経営が傾いたことで、爵位を売るか売らないかの瀬戸際に立たされていた。しかし、多額の融資をするだけでなく、メアリーのことも引き取ってくれるという親切な人が現れたのだ。

巨額の融資をできるぐらいなのだから、お金持ちに決まっている。こんな退屈な生活を抜け出して、また気ままで贅沢な暮らしに戻れるのだ。

「本当に行かれるのですか？」

命令通りに荷物をまとめたメイドは、心配そうにメアリーに尋ねる。

「当たり前でしょ。こんな場所、まっぴらごめんだわ」

メアリーは吐き捨てるように言った。


離宮を出て数時間後。

地図を頼りに、メアリーは一軒の屋敷に辿り着いた。

「ここ？」

そこは、白い石造りの壁に真っ青な屋根の、大きな屋敷だった。この豪華さは貴族の屋敷のようにも見えるが、もしかすると事業で成功した実業家の可能性もある。

（まあ、どっちでもいいわ。住む屋敷としては申し分ないわね）

メアリーは門番を見つけて、声をかける。

「メアリー＝リットンよ。ここの主と約束しているの。通して」

メアリーが言うと、門番はすぐに門を開けてくれた。事前に話が通っていたのだろう。

玄関をノックすると気難しそうな執事に出迎えられ、二階の一室に通された。

その部屋にいたのは、口ひげを生やした小綺麗な初老の男性だった。

「はじめまして。メアリー＝リットンよ」

「ああ、あなたが侯爵様のご紹介の。なるほど、美しいお方だ」

男はメアリーを見つめ、にこりと笑う。

メアリーはそこで初めて、この話を融通してくれたのがどこかの侯爵なのだと知った。

「ここで、私を引き取ってくれると聞いたわ」

「ここではなくて、別のところだよ」

男は答える。その返事にメアリーはおやっと思う。てっきりここの屋敷で引き取ってもらえるのだと思っていたから。

「ふうん。その人、お金持ち？」

「もちろん。貴族様だよ」

貴族ということは、先ほど言っていた『侯爵様』だろうか。誰にせよ、金持ちの貴族に引き取られるのであれば文句を言うつもりはない。

「さあ、ここにサインして」

「ええ」

すっと差し出された書類には、びっくりするほど細かく文字が記載されていた。最後の欄に、メアリーが自著する欄がある。

メアリーはその文章の九割を読み飛ばし、最後の欄に名前を書いた。

「これでいい？」

書類を返すと、男はサイン欄を確認して「結構です」と言った。

「では、きみのご主人様を紹介しよう。おいで」

男は立ち上がり、メアリーを奥の部屋に誘う。

「……ご主人様ですって？」

その呼び方に、嫌な予感がした。

ルシエラ侯爵邸の一室で、サラートは届いたばかりの手紙を開き、文面を目でなぞる。

「目論見通りだ。あの女をうまく殿下から引き離せたぞ」

サラートは満足げに頷く。

イアンを王太子の座に戻したい。サラートのその野望に、メアリー＝リットンの存在は邪魔だった。

王太子たるものは聖女を娶らなければならない。しかし、何事も一番になりたがるメアリーは愛妾の座では納得しないだろう。

メアリーをこのままにしておくと、また同じようなことが起こらないとも限らない。ならば、二度とイアンの目に入らないような場所に追いやればいいと思ったのだ。

リットン男爵はベイカー侯爵家の怒りを買った原因が娘のメアリーにあると知ったとき、激怒していた。その怒りも冷めやらぬ中で多額の融資と引き換えに娘を引き取らせてほしいと伝えたら、一も二もなく頷いた。娘と貴族の地位を天秤にかけ、あっさりと娘を捨てたのだ。

かくしてサラートはメアリーの後見人となった。

そして、人身売買を合法としている他国の貴族に、極上の娘がいると触れ込んで購入者を募った。落札されたあと、メイドとして働かせるのか、愛玩奴隷にするのか、はたまた痛めつけて楽しむのか、その決定権は全て買い取った主にある。

購入者を金持ちの貴族に限定したのは、サラートのせめてもの情けだ。

ただ、この方法にはひとつだけハードルがあった。合法だけに、売られる本人の同意が必要なのだ。

「仮にも王太子の婚約者だったのに、署名は文面を読んでからという基本的なこともできないとは……」

もし気づいて署名を拒否したら、遠い田舎町にでも連れていき、イアンとの接触を物理的に遮断するつもりだった。しかし、その心配もなくメアリーはあっさりと署名した。

あまりのお粗末さに、呆れてしまう。

しかし、今回はその愚かさに助けられた。

「残るはイアン殿下。あなたが再び王太子にのし上がることです」

そうすれば、ルシエラ侯爵家の権力は盤石なものとなる。

サラートは手紙をもう一度見つめ、口元に弧を描いた。

◆第四章　狩猟の宴

空は雲ひとつない晴天。気温も温かで風もなく、絶好の狩猟日和だ。

「まあ。こんなにたくさんの参加者が？」

マリーアンジュは狩猟の会場に集まってきた人の多さに驚いた。クロードからは『主要な国内貴族は招待している』と聞いていたが、本当にそうなのだろう。

周りをもっとよく見ようと被っていた帽子のつばを上げたそのとき、一緒にいたダレンが「ダレン殿下ではございませんか」とひとりの身なりのよい男性から声をかけられた。

「ああ、そうだが。あなたは確か外務大臣をしている──」

「はい。覚えていてくださったとは光栄です。ようこそユリシーズ国にいらっしゃいました」

温和な笑みを浮かべた男性は、親しげにダレンに話しかける。

（顔見知りでいらっしゃるのね）

ダレンはイアンの側近として、何回かユリシーズ国を訪問したことがある。そのときに知り合いになったのだろう。ダレンはその男性と、和やかに談笑を始めた。

（そういえば、イアン様は……）

参加しているはずなのに先ほどからイアンの姿が見えないので、マリーアンジュは辺りを見回す。そのとき、「どうしたの？」と耳元で声がした。

（え？）

マリーアンジュは、びっくりして振り返る。しかし、誰もいない。

（気のせい？　ううん、もしかして――）

「そこにいるのは精霊さんかしら？」

「当たり！　僕らの声が聞こえるんだね！」

「聞こえるわ。なぜか」

マリーアンジュは困惑しつつも、小声で答える。

少なくともプレゼ国にいたとき、マリーアンジュに普段から精霊の声を聞く力はなかった。初めて聞こえたのは聖地のごく近くに行ったときで、でもそれはそこが聖地に近いからだと思っていた。

けれど、王都近郊の森にいる今も聞こえるというのはどういうことだろうか。それに、よくよく見ればぼんやりと光も見える気がする。

「たぶん、聖地で祝福の祈りを捧げたから、力が強まったんだよ」

「祈ったから、力が強まる？」

そんな話、初耳だ。

「うん。マリーは神使様に気に入られたんだね」

楽しげな声がまた聞こえる。

（神使様に気に入られると、聖女の力が強くなるの⁉）

初耳の話だらけだ。でも、聖女伝説の始まりを思い返すと〝神使がひとりの人間を気に入って特別な力を授けた〟とあった。

「で、きょろきょろしていたけどどうしたの？」

「イアン殿下はいらっしゃらないのかなって」

マリーアンジュは答える。

「イアン殿下って誰？」

「わたくしと一緒に聖地まで行った人のひとりよ。茶色の髪に青色の瞳で――」

マリーアンジュが説明すると、精霊は「ああ、あの人！」と言った。

「あっちで、強化の聖女とふたりでいたよ」

「強化の聖女？　ヴィヴィアン様のこと？」

マリーアンジュは不思議に思う。

（そういえば、ヴィヴィアン様もいらっしゃらないわ）

ヴィヴィアンはいつもクロードの隣にいる。しかし、今日は姿が見えない。

（珍しいわね。どうして彼女がイアン様と？）

なんとなく気になった。ダレンのほうを見ると、彼は側近のバルトロに何かの指示をしているようで話し込んでいる。

「ダレン様、少しだけ外します」

マリーアンジュはダレンに一言告げてから、精霊に教えられたほうに向かう。しかし、途中で足を止めた。

「こっち？」

その先は、どう見ても森の中に見えた。いくら狩猟用に整備されているとはいえ、むやみに森の中に入るのは危険な気がして、ためらわれた。

「よく見て。あそこにいる」

「あそこ？」

あそこと言われても、精霊の指先が見えるわけでもないのでどこだかわからない。どこだろうと探していると、木々の合間に人影らしきものが見えた。

（いたわ！　でも、なんであんなところに？）

目を凝らしたマリーアンジュは、ハッとする。ふたりが、手を握り合っているのだ。

（え？）

見間違いかと思いもう一度見るが、やっぱり手を握り合っている。

（どういうこと？）

物陰で手を握り合う未婚の男女。その光景から導き出されるのは――。

(もしかして、恋仲？　でも、ヴィヴィアン様はクロード殿下を好きなのだと思っていたけれど、違うのかしら？　もしかして、イアン様が言い寄っている？　まさか、三角関係かしら？)

頭の中でぐるぐると考えを巡らせるが、どれも推測の域を出ない。

(……覗き見はよくないわね)

ヴィヴィアンはとても魅力的な女性なので、イアンが惹かれてしまったとしても不思議はない。

「どうしたの？　声をかけないの？　探していたんでしょ？」

「ええ、やめておくわ。どこにいるのかなって思っただけだから」

「ふーん」

マリーアンジュは首を横に振ると、精霊は興味なさげな返事を返す。

そして次の瞬間、精霊の気配が消えた。

知ってはいけない秘密を知ってしまったような気分で、マリーアンジュは先ほどダレンがいた場所に戻った。マリーアンジュが席を外している間に今回の狩猟の宴でペアを組むフェリクスと合流したようで、ダレンは彼と話していた。フェリクスの隣には、ナタリーもいる。

「マリー。どこに行っていたんだ？」

マリーアンジュの姿に気づいたダレンが片手を振ったので、彼女は慌てて駆け寄った。

「少し周辺を歩いていました」

「何か面白いものはあった？」

ダレンに尋ねられ、マリーアンジュはしばし考える。

（イアン殿下とヴィヴィアン様のことは、ここでは言わないほうがいいわよね）

この数日間を過ごした印象では、クロードは複数いる聖女の中でヴィヴィアンのことを特別扱いしているように見えた。「第二の聖女だから」と言えばそうなのかもしれないが、いつもそばに置いている。

今日も、クロードが招待した聖女はヴィヴィアンとナタリーのふたりだけのようだ。ナタリーは『わたくしは万が一怪我人が出たときに対応できるように、いつも呼ばれるのです』と言っていたが、ヴィヴィアンはそうではないはずだ。

だから、マリーアンジュは彼女がクロードの妃になる可能性が高いと思っていた。

「いいえ、特には」

「そっか」

ダレンは肩をすくめる。

「それよりもダレン様。頑張ってくださいね」

「ありがとう。実は、狩猟には、わりと自信がある」

ダレンは得意げに笑う。

「ええ、存じております。でも、森には危険もあるかもしれませんから、あまり無理はしないでくださいね」

「わかっている。マリーは心配性だな」

ダレンは片手を伸ばし、マリーアンジュの頭をポンポンと撫でる。

（そうだわ。わたくしからの祝福を——）

マリーアンジュは自分の頭の上にあるダレンの手を両手で握ると、胸の高さまで下ろす。そして、手に神聖力を集中させた。

「ダレン様が怪我なく帰っていらっしゃいますように」

ふわっとマリーアンジュの手元から光の粒子が舞い、ダレンを包んだ。

「ありがとう」

「どういたしまして」

マリーアンジュはダレンに笑顔を返し、ふと視線を横にずらす。すると、何か言いたげにこちらを見つめるナタリーと目が合った。

「あの……大変厚かましいお願いなのですが、よろしければフェリクス殿下にも祝福をしていただけませんか？」

「フェリクス殿下にも？」

恐る恐る頼んできたナタリーに、マリーアンジュは聞き返す。一方のフェリクスは、ナタリーがそんなことを頼むとは思っていなかったようで、驚いた様子だ。

「ナタリー？　どうしてそんなお願いを――」

「マリーアンジュ様の祝福には、厄除けの効果があるそうです。危険な生き物に遭わないように、祝福していただきませんか」

ナタリーはおずおずとフェリクスを見上げた。

「また殿下がお怪我をされたら、大変です」

（そういえば、ナタリー様が聖女だとわかったきっかけは、たまたま大怪我をしたフェリクス様を発見して、お助けになったことだとおっしゃっていたわね）

ナタリーは本気でフェリクスを心配しているように見えた。

回復の聖女であるナタリーの治癒力は通常の医療では考えられないような素晴らしいものだ。けれど、完璧ではない。イアンの右腕に今も痺れが残っていることが、それを示している。

ナタリーもそれをよくわかっているからこそ、そもそも怪我をしないようにフェリクスに祝福を受けることを勧めたのだろう。

「確かに……。心配をかけてすまないね」

フェリクスにもその意図は伝わったようだ。彼は納得したように微笑むと、「マリーアンジュ殿。よろしければ、お願いできますか？」と聞いてきた。

「もちろんです」

マリーアンジュは笑顔で快諾する。

「殿下に祝福を」

フェリクスの右手を握ってマリーアンジュは祝福を捧げる。繋いだ手から周囲に光の粒子が舞い、美しい光景をつくり出した。

「おふたりとも、頑張ってくださいませ」

マリーアンジュはふたりに声援を送る。

「ああ。頑張ってくるよ」

フェリクスとダレンはマリーアンジュ達のほうに、片手を振った。


狩猟の参加者達が森の中にいる間、待っている女性達にはお茶会が用意されていた。

参加しているのは、この狩猟の宴に招待された国内貴族の妻や娘達で、皆ユリシーズ国の有力者ばかりだ。マリーアンジュはありがたくそこに交じり、会話を楽しみながらダレン達の帰りを待つ。

「フェリクス殿下達は、何匹か仕留めたでしょうか」

「きっと仕留めていますわ。ダレン様は狩りがお上手なのです」

マリーアンジュは心配そうに森を見つめるナタリーに笑顔を見せる。ナタリーはマリーアンジュの笑顔を見て、少し安心したように微笑んだ。

「ナタリー様は、フェリクス殿下が心配ですか？」

「……実は、私がフェリクス殿下と初めて出会ったとき、殿下は狩猟中だったのです。誰かの流れ弾に当たったようで、足の骨が折れて動けなくなっていて、体は血まみれでした」

「えっ？」

マリーアンジュは驚いて絶句する。

「私はすぐに彼が治るようにと祈りました。でも、なにぶん聖女とわかる前のことで……。うまく神聖力を扱うことができず、殿下は完全に回復されるのに一カ月以上かかりました」

「そんなに？」

ナタリーはイアンの大怪我ですら一日で治した。神聖力の扱い方に慣れていなかったことを考慮しても、フェリクスは相当な重傷だったのだろう。

ナタリーは唇を噛み、俯く。

「タイミング悪く、そのときちょうど王太子を決める議会が予定されていたようで……。私がうまく回復の力を使えず時間がかかったせいで第二王子は亡くなったと思われ、クロード殿下が王太子になったのです」

「そんなことが……」

第二王子のフェリクスは王妃の実子で、次期国王の筆頭とされていた。それなのに第一王子のクロードが王太子に選ばれたのは、そんな事件があったからだったのかと驚いた。

（だからさっき、祝福してほしいっておっしゃったのね）

ナタリーがこんなに心配する理由が少しわかった気がした。

マリーアンジュはナタリーを元気づけようと彼女の手を握った。

その瞬間、膨大な映像が頭の中に流れ込む。

（え？　これって……）


——場所は森の中に見えた。

木の根元に、男性が座り込んで倒れている。そして近くには別の男性がいて、懸命に助けを呼んでいた。

（ダレン様とフェリクス様？）

マリーアンジュは息をのむ。

座り込んでいるのがダレン、助けを呼んで叫んでいるのがフェリクスだ。ダレンの腹部からはおびただしい血が流れており、黄土色の服が真っ赤に染まっている。そして、フェリクスも負傷しているようで腕の向きがおかしい。

「ナタリー！　助けてくれ」

フェリクスが駆けつけたナタリーに呼びかける。ナタリーは険しい表情でダレンの前にしゃがみ込むと、彼の手を握った——。

「ダレン様！」

思わず立ち上がって叫んだ瞬間、映像はかき消えた。

「マリーアンジュ様、突然どうされたのですか？」

正面に座るナタリーは驚いた様子だ。

「あ……」

(今のは、先見？)

ぞくっと寒気がした。先見の力ならば、あれが現実のものになる可能性が高いということだ。

「今すぐ探しに行かないと――」

マリーアンジュが森のほうを向いたそのとき、大きく手を振る人影が見えた。

「マリー。大物を捕まえたよ」

得意げに手を振っていたのは、ダレンその人だった。たくさんの獲物を、背中に担いでいる。後ろにはフェリクスの姿もあり、彼もたくさんの獲物を担いでいた。うさぎやたぬき、大型の鳥などだ。

「ダレン様！」

マリーアンジュは思わず駆け寄り、ダレンの首に抱きつく。

「ご無事でよかった……」

「マリー？　狩りに行っただけなのに、心配しすぎだ」

「あ、ごめんなさい」

マリーアンジュはハッとしてダレンから離れる。

先ほど見た先見のせいでダレンが死ぬかもしれないという最悪の未来を想像したので、元気な顔を見たら思わず気持ちが昂ってしまったのだ。

「でも、マリーに心配してもらえるのはこの上なく嬉しいことだな」

ダレンは嬉しそうに笑うと、マリーアンジュの側頭部にキスをする。

「血がつくといけないから、少し離れたほうがいいよ」

「はい」

マリーアンジュは慌ててダレンの首から腕を外すと、彼と三十センチほど距離を取る。

一方のナタリーは、立ち上がると真っすぐにフェリクスに駆け寄った。

「とてもたくさんですね。これは、今日の暫定一位かもしれません」

ナタリーは頬を紅潮させ、フェリクスに話しかける。

「たまたま向かった水場が、格好の狩り場だったんだ」

フェリクスはナタリーに笑いかける。

(ナタリー様って、フェリクス様の前だとあんな表情もするのね)

どちらかというとおとなしいナタリーは、クロードの前だとほとんど笑わず、口を開くことすらない。けれど、フェリクスには自分から話しかけ、屈託なく笑っていた。

自分を聖女として見いだしてくれた彼は、ナタリーの中で特別な存在なのかもしれないと、マリーアンジュは思った。

マリーアンジュは周囲を見回す。ちょうど制限時間になり、森からは続々と男性が戻ってきていた。

参加者達が仕留めた獲物を地面に並べているが、ダレンとフェリクスのペアが一番多そうに見える。

「きっと、今日の一位は――」

ナタリーがそこまで言いかけたとき、ざわりと人がさざめいた。

マリーアンジュはハッとして人々が見ている方向に目を向ける。

（あれはクロード殿下とイアン様？）

森からちょうど戻ってきたと思しきクロードとイアンは、従者に獲物を運ばせていた。その獲物を見て、マリーアンジュは先ほどのざわめきの理由を知る。

「もしかして、猪？」

それも、かなりの大きさの成獣が二頭も。遠目だが、大人の身長ほどありそうに見えた。それだけでなく、小動物や野鳥などもたくさんだ。

クロードはダレンとマリーアンジュ達に気づくと、真っすぐに歩み寄ってきた。

「ダレン殿、フェリクス。どうでした？」

「この通りです」

ダレンは地面に並べられた獲物を片手で示す。

「そちらの成果は素晴らしいですね。クロード殿はよっぽど狩りがお上手なのだな」

ダレンは驚いたように言う。

「まあな。だが、猪の一頭と野鳥はイアン殿が仕留めたから、手柄は均等だな」

クロードは自分の少し後ろにいたイアンを振り返る。

「イアン様が?」

マリーアンジュは聞き返す。

(それは……ないんじゃないかしら?)

申し訳ないが、つくならもっとまともな嘘にしたほうがいいですよと忠告したくなるあり得なさだ。なぜなら、イアンの猟銃の腕前は十発撃って一発当たれば御の字というレベルだったのだから。

「これを兄上が?」

ダレンもマリーアンジュと同じことを思ったようで、イアンに訝しげに問いかける。

「無論、その通りだ。今までは臣下であるお前に手柄を譲ってやろうと手加減していた」

「そうですか」

勝ち誇ったように言うイアンに対し、ダレンは納得できない様子だ。しかし、周囲にたくさんのユリシーズ国の貴族がいるこの場で、正面切って「不正をしましたね」と問い正すわけにもいかない。

　結局、なんとなくもやもやが残るまま、この日の狩猟の宴はクロード・イアンペアが暫定一位、フェリクス・ダレンペアが暫定二位で終わったのだった。


「納得いかない」

　滞在する部屋に戻ってからも、ダレンは腕を組み、眉根を寄せる。少し子供っぽいその表情を見て、マリーアンジュはくすっと笑った。

「ダレン様って、実はとっても負けず嫌いですよね」

　以前から薄々気づいてはいたが、外国に来てもやっぱり負けず嫌いだ。

　プレゼ王立学園時代、ダレンは王太子の側近という忙しい立場でありながら、在学中に飛び級でマリーアンジュと同じ学年になり、そこでも常に学年トップの成績を取り続けた。彼が本当は一学年下であることを考えると、驚異的なことだ。

「マリーに負けたところを見せると、かっこ悪いだろ」

「あら。わたくしにかっこよく見せるため？」

　マリーアンジュは楽しげに笑う。

「きみにはいつだって、いいところを見せたいと思っている。今までも、これからも」

「え？」

射貫くような瞳でダレンに見つめられ、マリーアンジュの胸は早鐘のように鳴る。

（今までも？）

それは、いつからのことを言っているのだろう。

ダレンと出会ったのはマリーアンジュが聖女になってほどなくした頃だったが、長らくふたりはイアンの側近と婚約者という関係だった。

マリーアンジュは聖女であるため、相手がどんな人であろうと、自分の気持ちに関係なく王太子と結婚しなければならない。そして、王太子もまた、聖女以外を選ぶことはできない。だから、ダレンとマリーアンジュの婚約は恋に落ちたからではなく、必然だった。

それなのに、ダレンはそんなふうに思っていてくれたのだろうか。

「えっと……」

どう返事をすればいいかわからず言いよどんでいると、ダレンが「よしっ！」と言う。

「ということで、猟銃を交換してこようと思う」

「猟銃を？」

マリーアンジュは呆気にとられて聞き返す。

「ああ。実は、先ほどクロード殿から『よければ、猟銃を選び直すか？』と聞かれたんだ。それで帰り際によく見たのだが、俺と兄上は使っている猟銃の形が少し違っていた。もしかすると、それが敗因のひとつかもしれないと思って、ありがたく厚意に甘えることにしたんだ」

ダレンは難しい顔をして、腕を組む。

「あとは、歩いたルートがよくなかったのかもしれない。周りを気にしながら歩いたが、そもそも猪などどこにもいなかった」

ぶつぶつ言いながら今日の敗因を分析するダレンを見ていたら、なんだかおかしくなってくる。本当に、よっぽど悔しかったのだろう。

「ふふっ。明後日の二回戦目は勝てるといいですね」

「絶対に勝つよ」

ダレンは器用に片眉を上げる。

頼もしく感じるのと同時に今日の先見が頭をよぎり、マリーアンジュは不安を覚えた。先見の力は、未来のいつを見たのかが正確にはわからない。

今日無事だったからといって、明後日も無事だとは限らないのだ。

「……ダレン様。実は今日、先見の力が発動して気になる光景を見たんです」

「先見の力を？」

ダレンの表情が真剣なものへと変わる。

「どういう先見だったんだ？」

「森の中に、ダレン様とフェリクス様がいらっしゃいました。ダレン様は体が血まみれで、足が折れているように見えました。フェリクス様も、腕が折れていて。ナタリー様が駆けつけて、おふたりを治そうとしていて――」

そこまで話し、あの光景がまざまざと脳裏によみがえって、マリーアンジュは口元を押さえる。

「血まみれで……」

ダレンはしばらく絶句する。

「……森にフェリクス殿といたということは、おそらく狩猟の宴中だな。となると、起こるとすれば明後日か」

「はい、そうなんです。ダレン様の服装が、今日と同じだったので。だからわたくし、不安で――」

ダレンはしばらく考え込むように床の一点を見つめたまま黙り込んでいたが、顔を上げてマリーアンジュの顔を見る。

「だから今日は、あんなふうに情熱的に出迎えてくれたんだな」

不安から眉尻を下げるマリーアンジュの頭を、ダレンが優しく撫でる。

「心配するな。マリーが教えてくれたから、今日以上に気をつける」

「でも……。明後日は参加を辞退したほうがよろしいのではないでしょうか？」

「この狩猟の宴はユリシーズ国側が我々を歓迎して企画したものだ。辞退すれば、心証を害する」

　ダレンの言うことはもっともだった。今回の狩猟の宴を行うために、ユリシーズ国側はたくさんの準備をしてきたはずだ。突然辞退すれば、少なからず気分を害するだろう。

「じゃあ、明後日もマリーが俺を祝福してくれ。そうすれば、災いは避けられる。それに、ナタリー殿もいる。彼女が俺を治そうとしていたのだろう？　なら、大丈夫だ」

　なおも不安が消えないマリーアンジュに、ダレンは言う。

「マリー、大丈夫。こんなに可愛い婚約者がいるのに、死ぬわけがないだろう。だから安心しろ」

「まあ、ふふっ」

　マリーアンジュはようやく笑みをこぼす。すると、ダレンも微笑んだ。

「次は一位になるから、待っていて」

「はい。楽しみにしております」

「今日の午後は、大聖堂の蔵書を見せてもらう予定だったな？　それまでには戻ると思うが、戻らなかったら先に行ってくれ」

「はい。かしこまりました」

　頷くマリーアンジュを見つめ、ダレンは少し体を屈めるとおでこに触れるだけのキスをした。

ダレンを見送ったマリーアンジュは、壁際の時計を見た。大聖堂に行く約束の時間までは、あと一時間ある。

「……今のうちに、今回のユリシーズ国訪問に関する記録をまとめておこうかしら」

手持ち無沙汰になったマリーアンジュは持参した荷物から紙とペンを引っ張り出す。幼い頃からずっと忙しい生活をし続けてきたので、暇になるとなんとなく落ち着かないのだ。

屋敷でもそんな調子なのでエレンからはよく『もっとゆっくりお休みになられればいいのに』と呆れられるが、これぱっかりは体に染みついた習慣なのでどうしようもない。

「えっと、到着した一日目はクロード様がお出迎えくださったのよね。夜は晩餐をひらいてくださって、皆様とお食事……。同席されたのは――」

その日に何があったかを思い返しながら、マリーアンジュはペンを走らせる。

ユリシーズ国に来てからというもの、子供達のたくさんいる学校を訪問したり、聖地まで案内してもらったり、最新技術を使って建設したという橋の見学をしたり、毎日が充実している。

それに、この旅で以前よりもずっとダレンとの距離も縮まった気がした。

「マリー。何しているの?」

ペンを進めていると、不意に頭上から声が聞こえた。顔を上げると、ぽわぽわとした丸い光が目の前に浮いている。

「精霊さん?」

「そうだよ」

「やっぱり！」

マリーアンジュは微笑む。

初めこそびっくりしたけれど、この精霊の気配にもすっかり慣れてしまった。

「遊びに来てくれたの？　新しいお友達ができて嬉しいわ」

「僕も嬉しい。最近は、ヴィーが相手してくれないから」

「ヴィー？　ヴィヴィアン様のことかしら？」

マリーアンジュは聞き返す。

「うん。ヴィーはいつも祈っているから神聖力がなかなか回復しきらなくて、僕らの声が聞こえないんだ。今日も話しかけてみたんだけど、全然聞こえていなかった」

姿は見えずとも、目の前の精霊がシュンとした顔をしているのが容易に想像できた。

（いつも祈っているから……？）

マリーアンジュは不思議に思う。

初日に聞いた話では、ユリシーズ国は国全体を五つのブロックに分けて、それぞれの地域を別々の聖女が担当している。そして、ヴィヴィアンはどの地域も担当していなかったはず。むしろ、祈る頻度は他の聖女より少ないはずだ。

（そういえば、元々神聖力が少なめっておっしゃっていたわね。うーん、よくよく考えるとおかしいわよね……)

聖女の力と神聖力の量は比例する。ユリシーズ国の第二の聖女であるヴィヴィアンは、むしろ溢れんばかりの神聖力を持っていそうなものだが。

そのとき、視界の端に壁際の置き時計が目に入った。

「あ、いけないっ」

マリーアンジュは慌てて立ち上がる。

「マリー、どこに行くの?」

「大聖堂よ。急がないと遅れちゃう。昔の記録を見せてもらうことになっているの。またね!」

マリーアンジュは早口にそう言うと、部屋を飛び出す。案内してもらう立場なのに遅刻するのは避けたかった。


大聖堂までは歩くと二十分近くかかる。

早足で道を進み、マリーアンジュは大聖堂に飛び込んだ。

息を切らせながら、周囲を見回す。大聖堂はがらんとしていて、人気(ひとけ)がなかった。

(待ち合わせってここでいいのよね? ダレン様、いらっしゃらないな)

マリーアンジュは不安になった。きょろきょろしていると、「マリーアンジュ殿」と声がする。

「クロード殿下」

大聖堂の入り口から悠然たる足取りで歩いてきたのは、クロードだった。

「待たせたか？」

「いえ、大丈夫です」

マリーアンジュは首を横に振る。

「行こうか」

「はい」

答えながらも、マリーアンジュは背後を振り返る。

「どうした？」

「ダレン様がいらっしゃらないなと思って」

「ダレン殿なら、猟銃を選んでいた。まだ時間がかかるはずだから、先に行こう」

（ずいぶんと時間がかかっているのね）

部屋を出るときは、すぐ戻るような口ぶりだったのに。

置いていっていいものかと迷ったが、ダレンは『先に行ってて』と言っていたし、クロードに待ちぼうけさせるわけにもいかない。

「例の場所はこっちだ。ついてこい」

クロードはマリーアンジュを手招きし、祭壇の脇を進む。

（こんなところにドアがあったのね）

先日案内された際は気がつかなかったが、祭壇のすぐ裏には小さなドアがついていた。鉄格子製で、隙間からは下り階段が続いているのが見える。

「ここから先は、ふたりで行く。ここで待っていろ」

クロードはマリーアンジュと自分に付き添っていた近衛騎士に待機を命じる。

「行くぞ」

「はい」

鉄格子のドアが開き、ぎいぃと嫌な音が鳴った。

クロードに案内され、マリーアンジュは大聖堂の地下へと足を進める。

地下は、マリーアンジュが想像していたより遥かに大きかった。階段を下りると、地上よりもひんやりとした空気が体を包む。

マリーアンジュは前方に目を凝らす。幅二メートルほどの廊下がどこまでも続いていた。

壁からぶら下がっているランタンに照らされ、その廊下沿いにいくつものドアがあるのが見えた。おそらく、地下室が複数あるのだろう。

「こちらだ」

クロードはマリーアンジュを手招きする。マリーアンジュは先を歩くクロードの後ろを追いかけた。

「すごいわ。大聖堂の地下に、こんな場所があるなんて」

マリーアンジュは早足になりつつも周囲を見回し、感嘆の声を漏らす。

階段を下りるまでは、ただ地下室があるだけだと思っていた。けれどここは、想像を遥かに超えていた。

これだけの地下空間をつくるのに、いったい何年かかるだろう。想像するだけで気が遠くなるような労力と時間をかけたはずだ。

「ここは、全長どれくらいあるのでしょうか？」

マリーアンジュは前を歩くクロードの背中に向かって、問いかける。

「正確なことはわからないんだ。色々と分岐しているから少なくとも十キロはある」

「十キロ！」

想像よりもずっと規模が大きくて驚いた。

「ここはいったい、何年くらい前につくられたのですか？」

「記録によると、およそ千年前だ。元々存在した洞窟に手を加えてつくったようだ」

「千年！　では、洞窟のある場所の上に大聖堂を造ったのですね？」

この上に建つユリシーズ国の大聖堂は、そこまで古い建物には見えなかった。せいぜい数百年程度だ。そう考えると、元々ここに地下空間があり、その上に造ったと考えるのが自然だ。

「ユリシーズ国の大聖堂は、建国以来ここに造られている。古くなればまた同じ場所に建て直して、今に至っている」

「へえ……」

初めて知ることにただただ驚いていると、廊下の分岐にさしかかった。マリーアンジュは何気なく、横に伸びる通路を見る。

（え？）

ほの暗い廊下沿いに、いくつもの鉄格子が嵌まっているのが見えた。

（これはまるで……）

それは、牢獄のように見えた。

思わず立ち止まると、数メートル先を進んでいたクロードが振り返る。

「どうした？　こっちだ」

「あ、申し訳ございません」

マリーアンジュは慌ててクロードのあとを追う。

（あれは何かしら？）

マリーアンジュには牢獄に見えたが、大聖堂の地下に牢獄をつくる理由がわからない。だが、なんとなくクロードにも聞きにくかった。

数十メートルほど進んだ場所で、クロードは立ち止まった。

「ここだ」

クロードが廊下沿いにある木製のドアを指さす。

クロードが腰にぶら下げていた鍵の束から一本を取り出し、ドアの鍵を開けた。内部は明かりがなく、真っ暗だ。

「少し待て」

クロードは廊下の壁にぶら下がるランタンをひとつ外すと、それを持って先に中に入った。

「まあ、これは……」

部屋の中には、びっしりと書籍が入った本棚がいくつも並んでいた。カバーが羊革でできたそれらは、かなりの年季が入っていそうに見える。

「ユリシーズ国建国以来の聖女に関する書物だ」

「すごいわ」

マリーアンジュは部屋の中を見回す。ユリシーズ国はプレゼ国よりも歴史が長い。これらの記録にどれほどの価値があるのだろうかと、興奮さえ覚える。

「ここは、ナタリー様も入ったことがないと聞きました。こんな貴重な場所に立ち入ることをお許しくださり、ありがとうございます」

「ああ。ところで、どうしてマリーアンジュ殿をここに連れてきたと思う？」

意味ありげに聞き返され、マリーアンジュは小首をかしげる。

「……わたくしがここに興味を持っていたからではないのですか？」

「それもあるな。好きに読んでよい」

クロードの含みのある言い方に疑問を覚えたものの、マリーアンジュは「ありがとうございます」とお礼を言った。

早速目についた本を一冊手に取って開いてみると、聖女の能力について書かれていた。

（えーっと、どれどれ）

マリーアンジュは文面をなぞる。

【聖女は光の精霊、大地の精霊、風の精霊、火の精霊、水の精霊、そして、闇の精霊の力を借りることにより、神使と同じような不思議な能力を発揮することができる】

その文を読んだとき、マリーアンジュはおやっと思った。

（闇の精霊？）

先日ナタリーに大聖堂を案内してもらった際に耳にした精霊だ。プレゼ国ではその存在自体が知られていない。

（闇の精霊に祈りを捧げることで聖女は瘴気を濃くして世界に不浄を広げることができるって言っていたけど……）

さらに読み進めると気になる記載があった。

（聖女は力を逆に作用させることもできる？）

それは、例えば回復の聖女であれば、回復させることもできるし傷つけることもできる。安眠の聖女であれば安眠させることもできるし、悪夢を見せることもできるというものだった。

熱心に読んでいると、不意に何かの気配を感じて顔を上げる。すぐ近くにクロードの顔が見えて、マリーアンジュは驚いた。

「え？」

咄嗟に、その場を飛びのく。

「今、いったい何を？」

マリーアンジュは動揺しつつも、毅然とした態度でクロードに問いかける。

今の距離はたまたま顔が近づいたという距離ではなかった。あれはまるで――。

「魅力的な女が目の前にいるから、口づけをしようとした。何か問題でも？」

クロードは悪びれる様子もなくマリーアンジュに言い放つ。その開き直った態度に、マリーアンジュは驚いた。

「わたくしは、プレゼ国の王太子であるダレン様の婚約者です」

「ああ、知っている。プレゼ国にはマリーアンジュ以外に若い聖女がいないから、自動的にそう決まったのだろう？」

「何がおっしゃりたいの？」

眉間に皺を寄せたマリーアンジュを見て、クロードは肩をすくめてみせる。その態度は反省しているというよりも、どこかおどけているように見えた。

「マリーアンジュ。きみは美しい。怒った顔も魅力的だが、そうカッカするな」

クロードはフッと笑う。

「冗談で言っていいことと、悪いことがあります。悪ふざけはおやめください」

「冗談ではない。マリーアンジュ。俺と一緒にならないか？」

クロードは真っすぐに、マリーアンジュの目を見つめる。マリーアンジュは驚いて、大きく目を見開いた。

「……一緒になる？　どういう意味でしょうか？」

「そのままの意味だ」

「先ほど申し上げた通り、わたくしはダレン様と婚約しております」

マリーアンジュははっきりと告げる。

恋人のいない女性を口説くならいざ知らず、マリーアンジュはれっきとしたプレゼ国王太子の婚約者なのだ。そのマリーアンジュを口説くなど、あり得ない行為だ。

一方のクロードは、にんまりと笑う。

「もちろん、それは知っている」

「それなら、なぜそんなことを！」

マリーアンジュは強く抗議する。一歩間違えば、両国の関係に大きなひびが入るような危険で浅はかな行為だ。

「そのままの意味だ。俺とマリーアンジュが結婚し、きみはユリシーズ国の王妃になる。我が国には多くの聖女がいる。今のように、日々浄化の役目に追われることはなくなる。そのゆとりで祝福の聖女としての能力を最大限に発揮すれば、国民は幸せになれるだろう」

無言で睨み付けるマリーアンジュの視線を意に介さず、クロードは饒舌に言葉を続ける。

「それに、ユリシーズ国はプレゼ国よりも豊かな国だ。より豊かな国で、より負担のない暮らしをし、さらには民を幸せにできる。悪い話ではないだろう？」

「わたくしはプレゼ国で唯一の未婚の聖女であり、プレゼ国では国王となる者は聖女を娶る必要があります」

それは、遥か昔に決められたプレゼ国王室の掟であり、これを破ると様々な災いに見舞われると言われている。

「それなら問題ない」

クロードは両腕を大きく広げる身振りをする。

「プレゼ国には、我が国にいる聖女をひとり贈ろう。それで解決だ」

（聖女をひとり贈るですって……？）

聖女を物とでも思っているのだろうか。クロードの聖女に対する考え方が透けて見えて、マリーアンジュは強い不快感を覚えた。

「……恐れながら、クロード殿下にはヴィヴィアン様のような素晴らしいお相手がいらっしゃるではありませんか」

ユリシーズ国に来てからマリーアンジュが見る限り、クロードはヴィヴィアンを侍らせている。外出のときも、他の聖女は置いていくのに彼女のことは毎回連れていっている。

そのため、マリーアンジュはヴィヴィアンがクロードにとって特別な存在だと思っていたのだが。

「ヴィヴィアン？　ああ、彼女は役に立つからそばに置いているだけだ。言うなれば……愛妾のようなものだな」

両手を広げてハッと笑うように言い放ったクロードから顔を背け、マリーアンジュは眉をひそめる。

「では、わたくしに新たな愛妾になれと？」

「いや、違う。マリーアンジュには妃にならないかと誘っている」

「……わたくしがその提案に乗るとでも？」

「そう思うから、この提案をしている」

クロードはそう言うと、マリーアンジュの顎に手をかけて自分のほうを向かせた。

「表向きは不幸な事故ということになっているようだが……イアン殿の事件は、マリーアンジュがそうなるように仕向けたのだろう？」

（……っ！　この人、感づいている？）

マリーアンジュがダレンと結託して、イアンを意図的に王太子の座から引きずり下ろしたのは事実だ。しかし、そのことは誰にも言っていないし、悟られてもいないはず。

イアンが『ダレンとマリーアンジュの策略に嵌められた』と周囲に訴えていたようだが、それも信じる者などいなかった。

「何をおっしゃっているのか、わかりかねます。イアン様の件は、不幸な事故でした」

マリーアンジュはつとめて平静を装い、沈痛な面持ちを浮かべる。

イアンの妃となるべく幼い頃より受けてきた王妃教育の成果が、こんなところで大いに発揮されるとは、なんとも皮肉なものだ。

「そう簡単には口を割らないか。まあ、いい。その話はゆっくりあとで聞けばいいだけだ」

クロードは口の端を上げる。そして、一歩間合いを詰めると、顔をマリーアンジュに近づけた。数十センチの距離から、クロードがマリーアンジュを見下ろす。

「マリーアンジュ。きみはその美貌に加えて、とても頭がよく策士だ。おまけに、強大な神聖力を持っている。ヴィヴィアンですら聞こえなかった精霊の声が、きみは聞こえたのだから」

「お褒めいただき光栄ですわ」

「だから、そばに留め置きたい」

「……お断りしますと言ったら？」

マリーアンジュの挑発するような物言いに、クロードはくくっと笑う。

「まるで虫けらでも見るような目だな。だが、その気の強いところはますます気に入った。手に入りにくい物ほど、手に入れたくなる」

「悪趣味ですこと」

顔を背けることも許されないマリーアンジュは、視線を逸らしてあからさまに嫌そうな顔をした。

「ひどい言いようだな。一国の、それも大国の王太子が口説いているのに」

クロードは全く悪びれる様子もなく、不敵な笑みを浮かべる。マリーアンジュを見つめる鋭い目は、獲物を狙う蛇のようにすら感じた。

「そもそも、前提がおかしいですわ。先ほど申し上げた通り、わたくしはダレン様の婚約者です。その提案にダレン様はご納得されないでしょう。最悪、戦争になる可能性もありますよ?」

隣国の王太子の婚約者に横恋慕する。それが両国の関係に亀裂を入れる恐れがあることは、クロードもわかっているはずだ。

マリーアンジュが知る限り、クロードはバカではない。どういうつもりでこんなことを言っているのか、その真意を測りかねた。

「先日、うちの回復の聖女がイアン殿を治療しただろう?」

「ええ、そうですね」

頷きつつ、マリーアンジュは自分の顎に添えられたクロードの手を振り払う。意外なことに、その手は難なくどいた。

「片腕にわずかな障害が残ったものの、イアン殿は問題なく日常生活を送れるほどに回復した。今日の狩猟の宴でも、素晴らしい活躍だっただろう？　つまり、国王になることも可能だ」

マリーアンジュはクロードの言わんとしていることを察し、目を見開く。

「まさか、ダレン様に王太子の座を降り、イアン様に戻せと？」

「ダレン殿は元々、イアン殿が国王として役目を果たせなくなったことで穴埋め的に王太子になった。イアン殿が国王になれるなら、その役目を返すべきだと思わないか？」

「その考えには同意しかねます。ダレン様はイアン様よりずっと国王に向いていらっしゃる」

マリーアンジュははっきりと告げ、首を左右に振る。

そもそも、イアンがあんな大怪我をしたきっかけは彼が王太子としての才に欠け、愚かな行いをしたからだ。人の内面はそうそう変わるものではない。イアンの体が元通り動くようになったと言っても、彼に国王が務まるとは思えなかった。

それに、マリーアンジュはダレンと共謀してイアンが失脚するように仕向けた張本人だ。イアンを王太子に戻すなど、そんなバカげた話に同意するはずがない。

「だから、イアン殿から王太子の座を奪ったのか？　ダレン殿のほうが国王に向いているからと。十中八九、ふたりで共謀したのだろう？」

「……不幸な事故だと申し上げたはずです」

「不幸な事故ねえ。とても使い勝手のいい言葉だ。そう思わないか？」

マリーアンジュはクロードの質問に答えず、彼を睨む。

「バカげた話だわ」

「果たして、そうかな？　もし真実が明るみになったとき、ダレン殿は今のまま王太子でいられるかな？」

「真実なら明るみに出ております。あれは不幸な事故であり、それ以上でもそれ以下でもありません。それに、殿下のお言葉はそっくりそのままお返ししますわ。ユリシーズ国の王太子選考会の直前、一番の有力候補者であったフェリクス殿下は狩猟中の事故で行方不明になられていたとか」

「ああ。あれも、不幸な事故だ。イアン殿と同じだな」

「王太子を誰にするか。もう一度、選考をやり直すべきだとは思われませんか？」

「全く。その必要性がない」

クロードは肩をすくめる。

(どの口が言うの！)

どんな二枚舌かと驚いてしまうが、悪びれる様子は全く見られない。

「マリーアンジュ、よく考えるんだな。プレゼ国とユリシーズ国は、どちらの立場が上なのか。うまくすれば、俺はマリーアンジュをユリシーズ国とプレゼ国両方の王妃にしてやれる」

突然腕をぐいっと引かれ、マリーアンジュはバランスを崩す。力強く抱き寄せられて、クロードの顔が近づいた。

「い、嫌っ！」

マリーアンジュは咄嗟に、両腕に力を込めてクロードを思いきり突き飛ばす。クロードの体がわずかに後ろに倒れ、マリーアンジュはその隙に一歩後ろに下がり距離をとることに成功した。近くにあった机に体がぶつかり、ガタンと大きな音が鳴る。

「何をなさるのですか！」

「たかが口づけくらいで、そんなに怒るな。気が強い女をベッドに組み敷いたら、どんなふうに鳴くのか見ものだな」

クロードは意味ありげに口の端を上げる。

（なんて人なの！）

マリーアンジュのことなど、どうにでもできる。クロードの態度はそう言っているように見えた。

「わたくし、失礼させていただきます」

これ以上、この人とここにいたくない。

マリーアンジュはその場で一礼すると、足早にその場を立ち去った。

回廊を歩きながらも、マリーアンジュはめまぐるしく頭を回転させていた。

(困ったわね)

先ほどのクロードの誘い、冗談で言っているようには見えなかった。そもそも冗談だったら、実際にキスしたりしないはずだ。

マリーアンジュは自分の唇に指先で触れる。

(気持ち悪い)

ダレンにキスをされても、こんな不快な気持ちは湧き起こらない。いつもふわふわした不思議な気持ちになる。それなのに、クロードのそれは全身の毛がよだつような不快感を呼び起こした。

(プレゼ国を、ユリシーズ国の属国にするつもりかしら?)

クロードの発言は、そう言っているようにしか思えなかった。

彼がプレゼ国の王太子をイアンに戻したがっている理由は、イアンが国王になったほうがユリシーズ国にメリットが大きいと考えているからだろう。つまり、イアンが国王であれば、交渉ごとの際にユリシーズ国の有利なように言いくるめやすいからだ。

それに、プレゼ国の現王太子であるダレンの婚約者であるマリーアンジュにあんなことを言うなんて、クロードがプレゼ国を格下に見ていることは明らかだ。

(どうしようかしら……)

悶々としながら部屋のドアを開ける。

「あら、マリー様。お帰りなさいませ」

部屋の中から、エレンの明るい声がした。手にはマリーアンジュの服を持っていて、明日着る服を選んでくれていたようだ。

「ただいま、エレン」

マリーアンジュは力なく微笑む。エレンはマリーアンジュを見つめ、小首をかしげた。

「マリー様、お疲れでいらっしゃいますか？」

「え？」

「なんだかお元気がないような気がしまして」

「そう？　そんなことはないのだけど……」

マリーアンジュは曖昧にその場を濁す。

エレンは心配そうに、眉尻を下げた。

「そうですか？　なら、よろしいのですが」

（エレンに心配をかけるなんて、わたくしったら何をしているのかしら。もっとしっかりしないと）

ちょっとした自己嫌悪に陥り、自分に活を入れる。

「慣れない土地で、少し疲れたみたい。少しだけ休むわ」

「承知いたしました。では、わたくしはしばらく外しますね」

「ええ、ありがとう」

マリーアンジュが笑顔で頷くと、エレンは持っていたドレスを衣装棚の一番手前につり下げ、足早に部屋を出ていく。

その後ろ姿を見送ってから、マリーアンジュは椅子に座ってふうっと息を吐いた。

「ダレン様に言うべきかしら?」

マリーアンジュは悩む。

言うべき案件ではあるが、伝え方を誤れば両国の関係が悪化し、本当に戦争になってしまう。そうなれば、プレゼ国の国民も無傷では済まない。

(そもそも、ダレン様は王太子の座を降りる気などないわ)

以前、ダレンはマリーアンジュに『子供の頃からどうしても手に入れたいものがあった』と言って、イアンから王太子の座を奪う提案をしてきた。そうまでして手に入れた王太子の座を、イアンの体が治ったからといってやすやすと明け渡すとは思えない。

(となると、イアン様が王太子になることもないわね)

ダレンはプレゼ国の法律に則り、正式な手続きを踏んで王太子になった。そのダレンを王太子の座から引きずり下ろすことは、簡単ではない。

「……考えすぎね」

クロードの言ったことは、彼の痴れ言だ。気にする必要などない。

そうは思うのに、心の片隅に何かが引っかかる。

(ダレン様、遅いな)

マリーアンジュは時計を見る。猟銃を選んだらすぐに戻るような口ぶりだったのに、いまだに戻ってこない。

(それにしても、イアン様はなんで急にあんなに腕が上達したのかしら？　明後日は勝てるといいけど)

そう思ったとき、マリーアンジュはハッとした。

(今日のあの先見……)

森でダレンが瀕死の重傷を負い、倒れていた。

『不幸な事故ねえ。とても使い勝手のいい言葉だ。そう思わないか？』

『ああ。あれも、不幸な事故だ。イアン殿と同じだな』

先ほどクロードが言った何気ない言葉が脳裏によみがえる。

(まさか、そんなこと……)

ひとつの可能性に行き着いたとき、背筋がぞっとするのを感じた。

親交を深めるために呼び寄せた隣国の王太子を、事故に見せかけて殺す。

クロードとはまだほんの数日しか交流していないが、あの人なら本当にやりかねないと感じる恐ろしさが、彼にはあった。

（でも、何も証拠がないわ）

下手なことをすると、プレゼ国側がユリシーズ国に言いがかりをつけて糾弾しているように見えてしまう。慎重に立ち回らなければ、自ら身を滅ぼすことになりかねない。

（どうすれば……）

考えがまとまらない。そのとき、目の前をふわりと優しい光が横切った。

「精霊さん？」

マリーアンジュは宙に向かって話しかける。

「正解！　マリーどこに行っていたの？」

「大聖堂の地下に行っていたの。資料を見せてもらって――」

そこまで言って、マリーアンジュはハッとする。

「ねえ。あなたはなんの精霊なの？」

「僕は光だよ」

「ふわふわ光っているからそうじゃないかと思った。ねえ、精霊には『闇の精霊』もいるの？」

「闇の精霊？　何それ？　いないよ」

「え？」

マリーアンジュは言葉に詰まる。地下で見た資料には、確かに『闇の精霊』と書いてあったし、ナタリーも『闇の精霊の力を借りた聖女は魔女になる』と言っていた。

（どういうこと？　資料が間違っているの？）

考えて黙り込んでいると、「闇の精霊ってなーに？　神様が新しく創ったのかな？」と光の精霊が聞いてくる。

「その……、資料に書いてあるのを見たの。闇の精霊というのがいて、その精霊の力を借りれば聖女は瘴気を広げることもできるって——」

「それは、闇の精霊じゃなくて僕らの力だよ」

「僕ら？」

マリーアンジュは片手を額に当てる。今話している相手は光の精霊のはず。光の精霊の力を借りて行うのは、『浄化』だ。

（それじゃあ、全く正反対じゃない）

そこまで考えて、ハッとした。たしか、資料には『力を逆に作用させることもできる』と書いてあった。

「つまり、浄化を逆作用させれば瘴気が広がる？　でも、なんでそんな力を——」

「それはもちろん、神使様の大切な娘達を守るためだよ」

ぶつぶつとつぶやいた独り言に、精霊が律儀に答える。

「娘達？　娘達って、わたくし達聖女のこと？」

「うん、そう。力を使うときに『どうか私を守ってほしい』と願うと、力が逆に作用する」

（あ。もしかして）

マリーアンジュは、ずっと自分を覆っていた深い霧が、すっきりと晴れてゆくのを感じた。

聖女に力を与えたのは、天界から降り立った神使だと言われている。彼は寵愛する娘に特別な力を与えた。

「そうよ。わたくし達の力は、いつだってわたくし達自身を守るものだわ」

五穀豊穣も、防災も、他人に聖女の力を貸す力も、元を辿れば聖女自身を守るものだ。そして、浄化の力があるからこそ聖女は大切に崇められている。

おそらく『闇の精霊』というのは、虐げられていた聖女達が不思議な力を発揮したから、人々が悪魔に仕える精霊の力を借りているに違いないと想像して名付けたものだろう。

「精霊さん、ありがとう。色々とわかってきたわ」

「本当？　わーい、よかったね」

ピコピコと光が微かに点滅している。きっと喜んでいるのだろうなと思った。

（さてと。次は、クロード様の件をどうするべきか考えないと）

ソファーに座っていたマリーアンジュは、背もたれに寄りかかると天井を仰ぐように体の力を抜く。

（疲れたな。五分だけ休憩しようかしら……）

マリーアンジュは目を閉じる。そのまま、意識は闇にのまれた。

遠くに、若い男女が見えた。

『わたくしを捨てるのですか！』

遠ざかる男の背中に向かって、床に倒れ込んだ女が悲痛な声で叫ぶ。マリーアンジュはその光景を、ぼんやりと眺めた。

（これ……クロード様に初めてお目にかかったときに現れた先見？）

それは紛れもなく、初対面のクロードに触れた瞬間に頭の中に流れ込んできた光景に見えた。

マリーアンジュはハッとした。この場所に見覚えがあったのだ。

（ここ、大聖堂の地下ね）

この先見を見たときはわからなかったが、今回はすぐにわかった。ここは今日ダレンに案内されて訪れた、大聖堂の地下道だ。

（それに、この声……ヴィヴィアン様？）

マリーアンジュは、目を凝らす。赤みを帯びた金髪の後ろ姿は、ヴィヴィアンのものに見える。

急に視界が切り替わる。

次に見えたのは、クロードの顔だった。

『マリーアンジュ。俺と一緒にならないか？』

不敵な笑みを浮かべ、マリーアンジュのほうに手を伸ばす。


「い、嫌っ！」

強い恐怖を感じ、咄嗟にマリーアンジュは叫ぶ。

「マリー！　どうした！」

「え？」

心配そうに顔を覗き込んでいたのは、ダレンだった
「さっき戻ってきたら眠っているようだったからそっとしておいたのだが、ずいぶんとうなされているように見えた。大丈夫か？」

「ダレン様……」

気遣うように頭を撫でられ、マリーアンジュは急激に緊張がほぐれるのを感じた。無意識にダレンを引き寄せ、首に両腕を回す。

「マリー、どうした？　きみが甘えてくるなんて、珍しいな」

戸惑いつつも、ダレンは素直にマリーアンジュに体を寄せる。

「駄目でしょうか？」

「いや、大歓迎だ」

ダレンは小さく笑うとマリーアンジュを抱き上げる。

「こんなところで寝ては風邪をひくぞ。ベッドに運んでやる」

「……重いでしょう」

「重くない。普段から鍛えているから。マリーの重みは、むしろ心地いいな。ただ、しっかりつかまっていてくれると体勢が安定するから楽かな」

ダレンは余裕の表情で、マリーアンジュを抱き上げたままベッドへと歩きだす。

マリーアンジュは慌ててダレンの首にしっかりとつかまる。首元に顔を埋めると、ふんわりと香水の匂いが香る。服越しにダレンの体温が伝わってきた。

（なんだか安心する）

ダレンはマリーアンジュをベッドに運ぶと、手を離す。

温もりが遠ざかり、マリーアンジュは寂しさを感じた。思わずダレンの首に回していた手に力を込める。

「マリー？」

戸惑うような、ダレンの声がした。

「一緒にいたいです」

ダレンがハッと息をのむのがわかった。

離れかけた腕がマリーアンジュを抱きしめ返し、そのまま彼女をベッドに押し倒した。そして、マリーアンジュの指と絡ませるように両手を握り、彼女をベッドシーツに縫いつける。

「マリー。あんまり煽らないでくれ」

マリーアンジュを見つめる青い瞳には、欲情の色が見えた。けれど、それでいいと思った。

今は、あの男（クロード）のキスを上書きしてほしかったのだ。

マリーアンジュから顔を近づけて軽いキスをすると、ダレンは驚いたように目を見開く。しかし、すぐにマリーアンジュを追いかけるようにキスを返し、それは深いものに変わる。

指に絡めていた手が外れ、マリーアンジュの体を優しく撫で上げた。

トントントンとドアをノックする音がした。「どうぞ」と返事をすると、ドアが開く。

そこにいたのはユリシーズ国のメイドだった。

「そろそろ夕食のお時間ですが、いかがなさいますか?」

「マリーが疲れて眠っているんだ。悪いが、部屋に運んでもらってもいいか」

「もちろんです。すぐにご用意いたします」

メイドは丁寧に腰を折ると、すぐに準備に向かった。

ドアが完全に閉まるのを見届けてから、ベッドの端に座っていたダレンは背後を振り返る。

マリーアンジュはすやすやと眠っていた。
（何があった？）
先ほどのマリーアンジュは、明らかにいつもと様子が違っていた。
甘えたような態度を見せ、ダレンに触れてほしそうに瞳を潤ませたマリーアンジュ。今まで
そんなそぶりを見せたことは、一度もなかった。
ダレンはマリーアンジュの頭をそっと撫でる。マリーアンジュは「んっ」と小さな声を上げ
て身じろぐと、また寝息を立てる。
ダレンはその寝顔を眺め、くすっと笑う。
普段は凜として聖女然としているが、こうして眠っている姿は十九歳という年相応の普通の
女性にしか見えない。
「きみはどんどん俺を夢中にさせるな」
幼い頃に一目ぼれして、兄の婚約者と知りながら密かに慕い続けていた。そして、マリーア
ンジュをないがしろにして他の女に熱を上げる兄を蹴落とし、彼女を手に入れた。
自分の『好き』という感情の全てをマリーアンジュに捧げているつもりだったのに、彼女の
ことを知れば知るほど、ますます好きになる。そしてそれはある種の中毒性があり、ダレンを
強力に突き動かす動機になるのだ。
コンコンコンとドアをノックする音が再び聞こえてきた。

「どうぞ」

先ほどのメイドが手配した晩餐が届いたのだと思ったダレンは、すぐに返事をする。しかし、そこに現れたのは別人だった。

「バルトロか。何か気になる動きがあったか？」

ダレンは一瞬で表情を引き締め、ベッドから立ち上がる。

今回の旅に同行させたバルトロには、密かにイアンのことを見張り気になる動きがあれば逐次報告するように命じていた。ここを訪ねてきたということは、何か報告したい動きがあったということだ。

「イアン殿下とクロード殿下がまた接触しました。ダレン殿下が猟銃選びを待たされていた間です」

「なるほど。どうりで、ずいぶんと用意するのに手間取ると思っていた。俺に聞かせたくない話でもしていたかな」

ダレンはフッと笑う。

明後日、狩猟の宴の後半戦が行われる。

クロードから使用する猟銃の選び直しを提案され、今日の遅れを取り戻したいダレンはそれを希望した。しかし、先方から提案され、こちらも事前に申し入れていたにもかかわらず、なかなか準備が整わず、一時間以上待たされたのだから、意図的なものを感じずにはいられない。

マリーアンジュが大聖堂にある聖女についての資料を見せてもらうつもりだと言っていたので終わり次第合流しようと思っていたのに、時間を食ったせいでそれは叶わなかった。

(マリーアンジュの様子がおかしかったのは、そこで何かあったからか?)

現場に立ち会ってやれなかったことに、悔いが残る。

「内容は聞けたか?」

「いえ。部屋の前に近衛騎士がいたので聞けませんでした」

バルトロは首を横に振る。

「ただ、部屋を出てきたあとイアン殿下はどこか浮かれている様子でした」

「浮かれている……」

「それに、強化の聖女の様子がおかしかった」

「なんだと? どうおかしかった?」

ダレンは聞き返す。

「顔が青ざめ、落ち着かない様子です」

「落ち着かない……」

その部屋で、何か、イアンを喜ばせる一方でヴィヴィアンの心の平穏を乱すような話が行われたのだろうか。ダレンは腕を組む。

「そうだ、バルトロ。狩猟の宴の最中、兄上を見張っていたか?」

「はい」

「……あの猪は、本当に兄上が仕留めたのか？」

ダレンはイアンの側近として、これまで何度も狩猟を共にした。最後に一緒に狩猟に行ったのは一年以上前だが、当時の実力から考えると猪を仕留められる腕があるとは到底思えない。

「遠目に見ていたのですが――」

バルトロはそのときのことを思い返すように言葉を紡ぐ。

「確かにイアン殿下が仕留めていました。仕留めたときに『やったぞ。すごい効果だ！』と興奮気味に叫んでおられましたので、間違いないかと」

「すごい効果……？」

ダレンはその言葉に違和感を覚える。

（『すごい成果』ならわかるが、『すごい効果』だと？）

少し考え、もしかしてという可能性に行き当たったそのとき、「うーん」と微かな声がした。

眠っていたマリーアンジュが起きたのだ。

「バルトロ。部屋を出ろ」

ダレンはすぐに、バルトロに退室を命じる。

ドアが閉まったのを確認し、ダレンは天蓋を開けてマリーアンジュの様子をうかがった。

「マリー、起きたか？」

ダレンは横たわるマリーアンジュの頭を優しく撫でる。長いまつげが揺れ、澄んだ水色の瞳がダレンを捉えた。

「ダレン様？　あれ、わたくし寝ていた？」

マリーアンジュはまだ頭がぼんやりとしているようで、ゆっくりと上半身を起こす。そして、自分の姿を見下ろして慌てたようにシーツを被った。

「え？　え？　ああ、そうだわ。わたくし……」

ようやく混乱していた頭がはっきりしてきたのか、マリーアンジュの顔色は目に見えて青くなる。

「も、申し訳ございません。ダレン様」

「どうして謝るんだ？」

「わたくし……とんでもなくはしたないことを──」

マリーアンジュはそう言いながら、真っ赤になって視線を泳がせる。そして、羞恥からか顔を隠すように両手で覆った。

（可愛い……）

普段の凛としたマリーアンジュも魅力的なのだが、こうしてひとりの男を前に動揺してうろたえる彼女は、また違った魅力があった。そして、マリーアンジュの心をこんなふうに乱したのは自分なのだという事実が、ダレンの独占欲を満たしてゆく。

「謝る必要はないし、はしたなくもなかった」

　ダレンは体を屈めると、マリーアンジュの両手を彼女の顔から離す。

「俺に甘えるマリーはたまらなく愛らしかったよ。もっともっと甘やかして、思いっきり愛して、とろとろに蕩けさせてやりたいと思った。叶うことなら、一日中マリーを愛でていたい」

「ダ、ダレン様！」

　心からの言葉を告げると、マリーアンジュは首まで真っ赤になる。ダレンはそんなマリーアンジュを見てくくっと笑う。

「マリーがこんなふうに俺に甘えてくれるのは、嬉しいよ。いつも甘やかしたいと思っていたから」

　ダレンはマリーアンジュに軽いキスをする。

「何がきみを、そうさせたのかな？」

　優しく問いかけたそのとき、マリーアンジュの視線がわずかに泳ぐのを、ダレンは見逃さなかった。

「何も……、何もありません」

「本当に？　今日、俺が猟銃を選んでいる間に何かあったのだろう？」

「……クロード殿下に、聖女についての記録を見せてもらいました」

「本当にそれだけ？」

ダレンはマリーアンジュを探るような目で見つめる。咄嗟にマリーアンジュが目を逸らそうとしたので彼女の頬へと手を伸ばし、自分に向かせた。

「何かあったのだろう？　俺がマリーの異変に気づかないとでも思ったか？」

もう一度ダレンが優しく尋ねると、マリーアンジュは数回まばたきをして、目を伏せる。

「色々と、自分がどう立ち回ればいいかわからなくて……」

マリーアンジュはどこか思い悩むような表情でつぶやく。

「……クロード殿から、兄上を王太子にしようとでも誘われたかな？」

「え？」

その瞬間、顔を上げたマリーアンジュの瞳は明らかに動揺の色に染まっている。その様子を見て、ダレンは確信を深めた。

（やはりな）

ダレンの予想では、今日のイアンはヴィヴィアン――強化の聖女の祈りを受けていた。バルトロが聞いた『すごい効果だ！』という台詞は、聖女による強化の力に驚いて発したものだろう。

問題は、なぜそんなことをしたかということだ。勝負に勝ちたかったからという理由ももちろんあるのだろうが、ダレンはもっと深いところに理由があると思っている。

大怪我を負ったイアンは完全に元通り、いや、元以上に復活していると内外にアピールすることだ。

クロードは一見するとプレゼ国の一行を歓迎し、友好的に振る舞っているように見える。だが、腹の底では虎視眈々とプレゼ国を手中に収める算段を立てているのだ。

「マリー。俺が全部聞くから、何があったかを洗いざらい話してほしい。マリーの葛藤は、俺が全部受け止めるから」

ダレンはマリーアンジュの肩を片手で抱き寄せ、その手でトントンと優しく叩く。

マリーアンジュは幼少期から王妃となるべく厳しい教育を受けてきたので、いつも凛としている。彼女がこんな表情を見せるのは、初めてかもしれない。

マリーアンジュはなおも躊躇(ちゅうちょ)するような様子を見せたが、意を決したようにダレンを見つめる。

「実は――」

マリーアンジュは慎重に言葉を選ぶように、ゆっくりと喋り始めた。

◇　◇　◇

「……クロード殿から、兄上を王太子にしようとでも誘われたかな？」

そうダレンに聞かれたとき、マリーアンジュは頭が真っ白になった。

（ダレン様、気づいていらっしゃる？）

　動揺から、うまく答えることができなかった。

「なぜそんなことを？っていう顔をしているね。でも、ちょっと考えればすぐにわかる。自国が優位に立つには、俺よりも兄上がプレゼ国王であったほうが都合がいいことに、彼は気づいているはずだ」

　ダレンはマリーアンジュを抱き寄せ、あやすように片手で肩をとんとんと叩く。

「マリー。俺が全部聞くから、何があったかを洗いざらい話してほしい。マリーの葛藤は、俺が全部受け止めるから」

　優しく囁かれ、マリーアンジュの不安感が拭われてゆく。ダレンならば、きっと話しても大丈夫。一緒に解決策を探ってくれる。そんな気がしたのだ。

「実は……」

　マリーアンジュは重い口を開く。

　大聖堂の地下に、とても大きな空間があったこと。その先に、聖女について書かれた書物がたくさん保管された資料室があったこと――。

「実はユリシーズ国に到着した日、クロード殿下に触れた際に先見の力が発動したんです。大聖堂の地下で、ヴィヴィアン様がクロード殿下に泣きすがっていました。『わたくしを捨てるのですか！』と」

「わたくしを捨てるのですか……か」

ダレンはマリーアンジュが言った言葉をゆっくりと繰り返す。

「それで？」

「え？」

「まだ話に続きがあるだろう？　今の話だけでは、マリーはそこまで思い悩まないはずだ」

ダレンは先を促す。マリーアンジュは目を伏せて、ぎゅっと手を握りしめた。

先ほどのクロードとのやりとりをそのまま伝えれば、ダレンは間違いなく怒るだろう。

今回のユリシーズ国の訪問の目的のひとつは、プレゼ国とユリシーズ国の関係をより強固で盤石なものにすること。自分の迂闊な発言で、両国の関係を険悪にはしたくない。

（でも、言わずに何かあったら……）

脳裏に、瀕死の重傷を負ったダレンの姿がよみがえる。あれが現実となったらと思うと、ぞっとする。

「実は……クロード殿下に『俺と一緒にならないか？』と提案されました。無理やりキスをしてきて――」

「へえ？」

ダレンの声が、一段低くなる。顔を見なくとも、彼がとても怒っているのをマリーアンジュは感じ取った。視界の端に、ダレンの着ている黒のフロックコートの裾が映る。金糸で紋様が入れられた、豪奢なものだ。

「もちろん、お断りしました。ただ、怖くて……。ダレン様が、狩猟の宴で重傷を負うのも、もしかしたら――」

そこまで言うと、マリーアンジュは両腕を胸の前で組み、自分の体を抱きしめるように力を込めた。

「クロード殿下は野心家です。あの方が隣国の国王になられると思うと、わたくしは恐ろしい」

今日言われた言葉ひとつを取っても、クロードは周囲を屈服させるために手段を選ばないことがよくわかった。

この先、プレゼ国とユリシーズ国との関係が悪くなったら。そして、民にまでその影響が出てしまったら――。

それを考えると、マリーアンジュは恐ろしさを感じた。

「そうだね」

ダレンは頷く。

「なら、表舞台から消えてもらおうか?」

「え?」

「彼は将来、我が国の存在を脅かす存在になりかねない。危険な芽は早いうちに摘むべきだ」

マリーアンジュは呆然と彼を見返す。

（表舞台から消す……？）

相手は一国の王太子。そんなことをして万が一真相が明るみに出れば、国際問題になる。

「プレゼ国のためだ」

プレゼ国のため、と言われてマリーアンジュは言葉を詰まらせた。

聖女に選ばれて以来、何度も言い聞かされてきた言葉がよみがえる。

――聖女たるものは、国民の幸せを第一に考えよ。

この〝国民〟とはもちろん、プレゼ国民のことだ。

（クロード殿下がユリシーズ国王に即位することは、プレゼ国民の幸せに繋がるかしら？）

マリーアンジュは自問自答する。

「それに」

ダレンが口を開く。

「クロード殿は聖女のこともないがしろにしている」

「え？」

「俺の推測では、クロード殿は強化の聖女の力を借りて自分を実力以上に見せている。マリーアンジュはおかしいと思わなかったか？　今日の狩猟の宴で、兄上が突然実力以上の獲物を仕留めたことを」

「強化の聖女……ヴィヴィアン様から力を借りて？」

それを聞いたとき、マリーアンジュは今日の狩猟の宴開始直前に見た光景を思い出す。

（あれって……）

人目につかない場所で、ヴィヴィアンがイアンの手を握っていた。あの光景を見たときマリーアンジュは三角関係を想像したが、実はクロードから命じられて、イアンに強化の力を使っていたのではないだろうか。

それに、もしそうだとしたら精霊が言っていた『ヴィーはいつも祈っているから神聖力がなかなか回復しきらなくて、僕らの声が聞こえないんだ』という言葉とも辻褄が合う。

『彼女は役に立つからそばに置いているだけだ。言うなれば……愛妾だな』

『プレゼ国には、我が国にいる聖女をひとり贈ろう。それで解決だ』

マリーアンジュは、クロードがこれまでに放った言葉を思い返す。

（そうよ。あの方は、聖女に対する敬愛なんて何もない。自分の望みを叶える駒としてしか見ていないわ）

同性のマリーアンジュから見て、きっとヴィヴィアンはクロードのことを慕っている。そんな彼女の気持ちを逆手に取って、あの男は彼女を利用し続けているのだ。

「……うまくいくでしょうか？」

マリーアンジュはダレンに問いかける。

イアンのときとは違い、相手は異国の王太子な上に、そう簡単に罠にはまるような人間ではない。

「うまくいかせるんだ」

ダレンはそう言うと、マリーアンジュの髪を一房掬い上げ、その髪にキスをした。

「マリー、憶えておいて。マリーの憂いは、全て俺が排除してやる。どんな手段を使っても」

（わたくしの、憂い？）

ダレンは髪の毛を離すと、マリーアンジュの顎に手をかける。美麗な顔が近づき、唇が重なった。温かな感触が名残惜しげに遠ざかり、ダレンと視線が絡み合う。

「……あまり時間もない。作戦会議としようか」

「作戦？」

「そう。俺の推測が正しければ、クロード殿は明後日、事故に見せかけて兄上に俺を殺させる、もしくはそれに近い状態にするつもりだろう」

マリーアンジュはヒュッと息をのむ。

薄々そんな気はしていたけれど、いざ言葉にされると思ったよりも衝撃が大きい。

「やっぱり不参加に――」

マリーアンジュが言いかけたそのとき、ダレンが再び口を開く。

「だから、それを利用しようと思う」

マリーアンジュは耳を疑った。利用するなんて、意味がわからない。

「わざと知らないふりをして、狙撃される。バルトロに指示して、参加者を数組現場に誘導しておき、彼らに目撃者になってもらう。そうすれば、兄上達も言い訳はできない。狩猟が始まる直前にマリーに祝福してもらい、ナタリー殿に近くについてきてもらえば俺は死にはしないはずだ」

「そんなの！　危険すぎます！　万が一のことがあったらどうするのですか！」

マリーアンジュは強く反対した。確かに成功すれば彼らを言い逃れができない窮地に立たせることができるが、あまりにも危険すぎる。

どうしても、ナタリーに触れたときの先見の光景を思い出してしまう。先見ではかろうじてまだ息をしているように見えたが、そのあとどうなるかはわからないのだ。最悪の事態が脳裏をよぎる。

「大丈夫。俺は死なない。マリーを妃にするまで、悪魔と契約してでも生き延びてみせる。それにマリー、俺は怒っているんだ。マリーのここに触れた奴が俺以外にもいると思うと、今すぐ八つ裂きにしてやりたい」

ダレンは薄らと笑うと、マリーアンジュの唇を指先で触れた。

「ダレン様……」

（こんなに怒っているダレン様を見るのは初めてかもしれないわ）

ダレンの瞳に、マリーアンジュは強い意思と明確な怒りを感じた。彼は、自分の命を危険にさらすのも厭わないほど怒っているのだ。

（ダレン様の言う通り、何かあればナタリー様は助けてくれるはず）

そうはわかっているけれど、不安は拭えない。ナタリーは狩猟の宴に参加する全ての人の怪我を看る必要がある。最初から最後までダレンについて回ることはできない。

（いったいどうすれば――）

そのとき、マリーアンジュの頭にとあるアイデアが浮かぶ。

「わかりました。計画を成功させるために、ひとつ提案があります」

「提案？」

ダレンはマリーアンジュに聞き返す。

「ええ。あちらが聖女の力を利用するなら、こちらも最大限に利用しようかと」

クロードは、マリーアンジュを本気で妃にするつもりだということを示すために、王族しか立ち入れない大聖堂の地下にある資料室に連れていったのだろう。

（わたくしを案内したことが命取りになるとも知らず、バカな人）

クロードは策士だ。だが、欠点があるとすれば、自分が全ての人をコントロールできると過信したことだ。

「わたくし、稀代の悪女になろうと思います」

マリーアンジュはダレンを見上げ、妖艶な笑みを浮かべた。

◇　ナタリー＝シスレーの初恋

ナタリー＝シスレーが第二王子のフェリクスを助けたのは、全くの偶然だった。

——その日、食べ物になる木の実を収穫しようと森の中を歩き回っていたナタリーは、ふとけたたましい鳥の鳴き声に気づき、足を止めた。

「どうしたのかしら？」

この鳴き声は、雑食性の大型の鳥のものだ。

(傷ついた小動物でもいるのかな？)

なんとなく気になったナタリーは、鳥たちの鳴き声が聞こえるほうに近づく。そして、地面に散らばる木の葉に埋もれて倒れている若い男を発見したのだ。

「え？」

男は、仕立てのよさそうな狩猟服を着ていた。ただ、その服は全体が土にまみれ、至る所が破けている。そして、右足と右脇腹の辺りにはおびただしい出血と思しき染みが広がっていた。

「ちょっと！　ねえ、大丈夫？」

もしかすると死んでいるのかもしれない。そんな恐ろしい想像は、男がナタリーの声に応えるように薄らと目を開けたことで霧散した。

（生きてる！）

慌ててナタリーは男に駆け寄る。

「み……ず……」

「水？　水って言ったの？」

ナタリーは急いで腰にぶら下げていた自分の水筒を外すと、男の口元に持っていく。

「ほら、飲んで」

半分意識を失いかけている男の頭を片手で持ち上げ、上半身を抱えるようにして、強引に口の中に流し込んだ。こくんと喉が上下するのを確認し、ナタリーはホッとする。

「ひどい怪我……」

ナタリーは改めて、男を見る。

服に血が染み出ている右足は、よくよく見ると向きがおかしいし、手も傷だらけだ。膝の部分が特に土で汚れているのは、這いつくばって移動してきたからかもしれない。そして、呼吸がひどく荒い。年齢はナタリーより少しだけ上、おそらく十代後半だ。

この人が瀕死の状態であることは、ナタリーにもわかった。

（どうしよう。この人、このままだと死んじゃう）

ナタリーは男の体を抱えたまま、よく兄弟姉妹達にするようにおまじないをかける。

「どうかあなたの怪我がよくなりますように。死なないで」

ふわっと空気が揺れるような感覚がして、男の呼吸音が穏やかになる。

（少しだけ、効いたかな？）

ナタリーはそっと立ち上がると、男の顔をうかがい見る。

「今助けを呼んでくるから待っていて」

意識がない男にそう告げると、ナタリーは自宅へと走りだした。


意識が戻ったとき、その男は自分のことを〝フェリクス〟と名乗った。彼を診察した医師は、怪我の状況から判断するに猟銃の流れ弾を受けたのだろうと言った。

本当なら病院に入院が必要な大怪我だったが、貧しかったナタリーの家では入院費用が払えないし、お金を借りる当てもない。ナタリーは仕方なく、フェリクスを自分の家に連れて帰った。

「あなたの体がよくなりますように」

毎日のようにナタリーはフェリクスの部屋に行き、おまじないをかける。そのたびにフェリクスは少しずつ回復していった。


ナタリーから見て、フェリクスはとても博識だった。遠い町のことや、この国の歴史など、ナタリーが知らないことをたくさん教えてくれる。

この村では文字を読み書きできる人がほとんどいなかったが、フェリクスはすらすらと読むだけでなく、興味深く見つめるナタリーの先生役も買って出てくれた。

「ナタリー、違うよ。こうだ」

「あ、ごめんなさい」

「謝らなくていい。さあ、書いてみて」

フェリクスは棒先に墨をつけたペンをナタリーに手渡すと、自分の手を彼女の手に重ねる。

おまじないをかけるときにいつも彼の手に触れているのに、フェリクスから触れられると不思議と胸の鼓動が早鐘を打った。

「うん、上手だね」

「ありがとう」

褒められたことが嬉しくて、ナタリーははにかむ。

「フェリクスさんは何を読んでいるの？」

「新聞だよ」

「新聞？」

「ああ。世の中でどんなことが起こっているか、書かれている」

「どこで手に入れたの？」

「先日歩く練習をしているときに知り合った親切な人に頼んで、もらったんだ」

「ふーん」

フェリクスの持っている紙にはほとんど絵がなくて、文字だけがびっしりと書かれていた。

ナタリーにはまだ難しくて、読むことができない。

ナタリーはフェリクスの横顔をうかがい見る。茶色の前髪が顔にかかり、その前髪越しに新聞へと視線を落とす青い瞳が見えた。

（フェリクスさんは、きっと貴族なんだろうな）

食事を取る仕草ひとつ取っても、フェリクスは所作が洗練されていた。それに、助けた日に着ていた狩猟服にはナタリーが生まれてこの方一度も見たことがないような、細かな彫刻が入った金色のボタンがついていた。

この怪我が治ったらきっと、彼は元々自分のいた場所に帰ってしまう。そうしたら、ナタリーとフェリクスは二度と会うこともないだろう。

「ん、どうした？　どこかわからない？」

ナタリーの視線に気づいたフェリクスが顔を上げる。視線が絡むとにこっと微笑みかけられ、頬が熱くなるのを感じた。

博識なだけでなく優しく穏やかで、かつ見目麗しいフェリクスは、村の女性達からとてもモテた。

それは、ようやく歩けるようになったフェリクスが冬に向けての枯れ枝集めの手伝いをしてくれていたときのことだ。

たくさんの枯れ枝を集めてから家の裏に回ったナタリーは、フェリクスの横に人影を見てハッとした。思わず、物陰に隠れる。

（あれは……）

フェリクスと歓談しているのは、村でも美人だと評判の女性だった。

フェリクスは片手に新聞を持っていて、女性に「いつもありがとう」と笑顔を向けていた。

彼が以前言っていた〝親切な人〟が彼女であると知る。

太陽の光を浴びてきらめく女性の艶やかな金髪には、可愛らしい花の髪飾りがついていた。

（私もせめて、金髪だったらよかったのに）

ナタリーは、飾りひとつつけていない自分の黒い髪を、一房手で掬い上げる。

林業を営んでいる彼女の家は、貧しいナタリーの家とは違い裕福だ。あんな素敵な髪飾りを買うことはできないけれど、せめて髪の毛がもっと美しかったらよかったのにと、残念に思う。

「フェリクスさん、今度よかったら一緒に町に行かない？」

女性がフェリクスを誘う声がして、ドキッとした。

「ごめん。まだそんなに長距離は歩けないんだ」

フェリクスは申し訳なさそうに首を横に振る。その返事を聞き、なぜかホッとする。

「ねえ、やっぱりうちに来ない？　この家だと、冬は寒いわ。うちならここよりもずっと過ごしやすいし、懇意にしているお医者様に診てもらえば――」

女性がフェリクスの腕に絡みつくように、体を寄せる。

ナタリーの胸の内に、急激に焦燥感が広がった。

「フェ、フェリクスさん」

ナタリーは勇気を出して声をかける。ナタリーの声に気づいて彼女のほうを振り返ったフェリクスは、「ナタリー」と言ってふわりと笑った。

また、とくんと胸が跳ねる。

「どこまで枝を集めに行っていたんだ？」

「ちょっと裏まで――」

「そっか。運ぶのを手伝うよ。……じゃあ、僕はこれで」

フェリクスは女性に片手を振ると、ゆっくりとした足取りでナタリーに近づく。フェリクスの背後から女性に睨みつけられて、ナタリーは肩をすくめた。

作業を終えて、フェリクスが庭の切り株に腰をかける。ナタリーはフェリクスが足を摩っていることに気づいた。

「足、まだ痛む？」

「少しだけ。でも、もうほとんど元通りだよ」

フェリクスは安心させるように微笑む。

「ねえ、ナタリー。またおまじないをかけてもらってもいいかな？」

「もちろん」

ナタリーは頷きフェリクスの前で体を屈めると、足がよくなりますようにと祈る。ふわっと空気が揺れる感覚がした。

フェリクスは切り株に座ったまま、右足を上げたり下げたりした。

「うん、やっぱり気のせいじゃない。さっきより楽になった」

「よかった」

「ナタリーはすごいね」

「そ、そんなことはっ」

褒められたことが照れくさくて、ナタリーは俯いて謙遜する。おずおずと視線を上げると、真面目な顔をしたフェリクスと目が合った。

「……ナタリー。きみは体のどこかに、花の形をした痣がないかな？」

「花の形をした痣？　あるけど……どうして？」

すぐに、ずっと昔に突然現れた痣のことだとわかった。けれどその痣は肩についているので、服を着ていると見えないはずだ。

（どうしてフェリクスさんが知っているのかしら？）

ナタリーは不思議に思った。

「やっぱり。ずっとそうじゃないかと思っていたんだ」

フェリクスは嬉しそうに破顔すると、ナタリーの手を握る。

「ナタリー。きみは聖女だ。僕と一緒に、王都に行こう」

「私が……聖女？」

聖女のことは、ナタリーも知っていた。幼い頃から、歩いて一時間ほどの場所にある大聖堂にたびたび施しを受けに行っており、そこで聞いた司教の話に出てきたから。

「ああ。そうに違いないと、僕は確信している」

フェリクスは頷く。

「どうして？」

「不思議な力があるから。おまじないだけであの大怪我を治すなんて、聖女だとしか思えない。それにほら、きみがおまじないをかけてくれるときはいつも、手元がほんの少しだけきらめくだろう？」

「手元が？　そうかな？」

「そうだよ。気づいてなかったの？　明日おまじないをかけるとき、よーく見てみて」

フェリクスはくすくすと笑う。そして、真摯な眼差しをナタリーに向けた。

「精霊の力を借りることができるのは聖女だけ。ナタリー、きみは間違いなく聖女だ」

「私が聖女……」

けれど、ナタリーは突然聖女と言われても実感が湧かなかった。

彼女が気にしたのはひとつだけ――。

「王都に行ったら、フェリクスさんは時々会いに来てくれる？」

「もちろん。聖女の住まいは、僕がいる場所の隣にあるから」

「……ふうん」

一緒に行きますと言うことに、迷いは一切なかった。


王都の大聖堂には、すでに五人の聖女が住んでいた。王妃様も入れると全部で六人の現役の聖女がいると、先に住んでいた聖女のひとりから教えられた。

大聖堂に行った初日は大司教と司教と名乗る男性達に色々と質問された。彼らの協議により、ナタリーは最終的に『第七の聖女』となった。

聖女には序列があった。第七の聖女はユリシーズ国の現役聖女の中で最下位だ。回復の力が弱く、神聖力も少ないからだという。

第七の聖女ということもあり、ナタリーがあてがわれたのは、大聖堂の別館の中でも一番狭く、日当たりもあまりよくない部屋だった。

祭壇の周りを掃除や、ちょっとした雑用をこなすのは第七の聖女であるナタリーの役目になった。聖女としてユリシーズ国民の前に立っても恥ずかしくないようにと毎日朝から晩まで勉強して、祈りを捧げ、雑用をこなす。

大聖堂での生活は、とても忙しく大変だったけれど、ちっとも苦ではなかった。定期的に彼が会いに来てくれるから。

「ナタリー。聖女としての力が少し強くなったんだって？　すごいじゃないか」

「はい」

フェリクスに褒められ、ナタリーははにかむ。

彼が王子だと知ったときはとても驚いたし、遠い世界の人なのだと実感してショックだった。けれど、フェリクスは身分を明らかにしてからもナタリーにこれまで通り、気さくに接してくれた。

（もっと頑張ったら、すごいじゃないかって、またフェリクス様が褒めてくださるかしら？）

そんなささやかな喜びが、ナタリーのやる気を支えていた。

王太子のクロードに初めて会ったのは、そんなある日のことだ。

第二の聖女であるヴィヴィアンが体調不良で倒れたと聞いて、ナタリーは彼女の部屋に向かった。薬の聖女である第五の聖女が処方した薬を飲んでもよくならないと聞き、回復の力でなんとかならないかと思ったのだ。

部屋に着いたとき、ヴィヴィアンはベッドに横たわって外を眺めていた。突然尋ねてきたナタリーに気づくと、ヴィヴィアンは目を丸くした。

「ナタリー。どうしたの？」

「ヴィヴィアン様が体調不良だとお聞きしたので、私の力でお助けできないかと思って」

「ありがとう。でも、大丈夫よ」

ヴィヴィアンは力なく首を横に振る。

「そんなことおっしゃらずに。ヴィヴィアン様がよくなりますように」

ナタリーはヴィヴィアンの手を半ば強引に握ると、祈りを捧げる。そのとき、強い違和感を抱いた。

（これ、神聖力が枯渇している？　どうして？）

それは、明らかに普通の体調不良ではなかった。第二の聖女であるヴィヴィアンは豊富な神聖力を持っているはずなのになぜ？という疑問が湧き起こる。

そのとき、背後の扉がカチャリと開く。

「珍しいな。客人か？」

ナタリーは振り返る。ドアの向こうにいたのは、さらさらの金髪に鮮やかな碧眼。堂々たる佇まいの青年だった。ただ、とても見目麗しい一方で、どこか冷たい印象を受けた。

「クロード殿下」

ヴィヴィアンが青年に呼びかける。

（この人が王太子殿下？　ヴィヴィアン様をお見舞いに来たのね）

王太子のクロードがヴィヴィアンを寵愛しているという話は、他の聖女から聞いていた。

そして、フェリクスが怪我をしていた期間に王太子を決める会議があり、クロードがその座に就いたという話も。それを聞いたとき、ナタリーは自分の力が弱いばかりにフェリクスを回復させることができず、一番大事な時期に王宮を空けさせてしまったことを、とても申し訳なく思った。

フェリクスは『気にしないで。僕が生きているのは、ナタリーのお陰だから』と笑ってくれたけれど。

「ナタリー＝シスレーです。よろしくお願いします」

「ナタリー＝シスレー？　ほう、お前が回復の聖女か？」

「はい」

「重傷を負ったフェリクスを助けたらしいな」

「はい。偶然倒れているところを見つけて――」

ナタリーは当時の状況をクロードに説明する。

（あ、そうだわ）

ずっと気になっていたけれど、本人にはなんとなく聞きづらくて聞けなかったことを思い出す。聞くか迷ったが、ナタリーは我慢できずに尋ねてみた。

「あの……、あのときにフェリクス様を間違って撃ってしまった方は誰だかわかったのですか？」

狩猟の最中に撃って手応えがあれば、その場に獲物を確認しに行くはず。だから、撃った人はきっとフェリクスが傷ついたと知っていたはずだ。

一方のクロードは首をかしげた。

「なんの話だ？　フェリクスは熊に襲われたと聞いたが」

「え？」

ナタリーはクロードを見返す。

そんなはずない。医者もそう言っていたし、ナタリーも傷跡を見た。あれは絶対に、熊による怪我ではない。撃たれたあとだった。

そう言いたかったけれど、言うことができなかった。クロードが凍てつく瞳でナタリーを見下ろしていたから。

その目を見た瞬間、ナタリーは何かを感じ取った。

（もしかして、王太子殿下が裏で手を回して――）

嫌な想像が頭をよぎる。

「そうだったのですね……。私、お邪魔でしょうから失礼しますね」

「ああ、そうするといい」

クロードはナタリーを見下ろしたまま、にこりと笑う。

「口は災いの元だ。身を滅ぼしたくなければ、身のほどを弁えるように」

それは聞き取れるかどうかの、とても小さい声だった。ナタリーはクロードの横を通り過ぎるとき、己の想像が確信に変わるのを感じた。


大聖堂に戻り祭壇の前で立ち尽くしていると、「ナタリー」と声がした。フェリクスが来ていたのだ。

「フェリクス様！」

ナタリーが駆け寄ると、彼は柔らかな笑みを浮かべる。

「どこに行っていたの？」

「ヴィヴィアン様のところに。あの……フェリクス様」

「何？」

澄んだ青い瞳を向けられ、ナタリーは口を噤む。「どうして熊に襲われたことになっているのですか？」という質問をしたかったけれど、それを聞くと彼を悲しませてしまいそうな気がしたから。

「私、この前初めて本を一冊読みきったんです」

「へえ、すごいじゃないか」

「あと、クッキーを焼いたんです。お時間があれば、召し上がりませんか？」

「喜んでいただこう」

フェリクスは屈託のない笑顔を見せる。

（どうか、フェリクス様が平穏に過ごせますように）

ナタリーは胸の前でぎゅっと手を握り、人知れず祈りを捧げる。

そしてもし叶うならば、彼の笑顔を、いつまでも側で見守っていたいと思った。

◆第五章　どうも、噂の悪女です

翌日は、朝から雨が降っていた。

マリーアンジュは白くかすむ景色を、窓から眺める。眼下に広がる王宮の庭園には、こんな大雨の日でも王宮内の警備に当たる騎士達の姿が、ちらほらと見えた。

「こんな雨だとテラスでお食事をいただけないので、残念ですね」

ちょうど運ばれてきた朝食を受け取ったエレンが、マリーアンジュの背に話しかける。

「そうね。……でも、今日が狩猟の宴の中休み日でよかったわ」

「そうですね。火薬が濡れると、猟銃が使えなくなりますから。――さあ、準備が整いましたよ」

「ありがとう」

マリーアンジュはエレンのほうを振り返る。テーブルには、美味しそうなパンや卵料理、サラダにスープなどが並べられていた。

カチャッとドアが開き、ダレンが入ってくる。ダレンは毎朝バルトロとふたりで打ち合わせをするので、それを終えて戻ってきたところなのだ。

「おはよう、マリー。美味しそうな匂いだね」

「おはようございます、ダレン様。温かいうちにいただきましょう」

マリーアンジュに促され、ダレンはテーブルに向かって腰を下ろす。ふたりは食前の感謝の祈りを捧げてから、食事を食べ始めた。

「ずいぶん降っておりますね。マリー様達は、予定通り城下へ？」

吹き込む雨を避けようと窓を閉めたエレンが、マリーアンジュに尋ねる。

今日は滞在期間中で唯一、何も予定がない日だったので、城下を自由に見学するつもりでいたのだ。

「ええ。きっと午後には小雨になっていると思うから、お昼頃から行こうと思っているの」

「承知いたしました。午前中は部屋でゆっくりされますか？」

エレンの問いかけに、マリーアンジュはちらりとダレンを見る。視線が絡み合うと、ダレンは意味ありげに口元に弧を描いた。

「午前中は、明日に向けて大事な準備がある。俺とマリーは少し出歩くよ。ところでエレン、紅茶が少しぬるいから、淹れ直してもらっても？」

「かしこまりました。すぐにご用意します」

エレンは少し頭を下げてお辞儀をすると、熱いお湯をもらいに部屋を出る。パタンとドアが閉まったのを見届けてから、ダレンはマリーアンジュのほうに少し顔を寄せた。

「バルトロによると、ヴィヴィアン殿はクロード殿が仕事を開始する前に、毎朝王宮にある彼の私室を訪ねるのが日課だそうだ。おそらく、強化の祈りを捧げているのだろう。大聖堂に戻るのは、他の聖女達が朝の祈りを終えたぐらいの時間帯が多いらしい。

「では、もう少し時間があるかしら。忘れないうちに、図書室に本を返しておきます」

マリーアンジュは壁際の時計を確認する。メイドから、滞在中は王宮内にある図書室を自由に使ってよいと説明されたので、本を一冊借りているのだ。

「わかった。万が一入れ違いになって彼女と会えないと困るから、俺は先に向かおう」

「承知しました。わたくしも、すぐに追いかけます」

マリーアンジュは頷いた。


朝食を終えたあと、マリーアンジュはひとりで図書室に向かった。まだ朝早いせいか、図書室には司書がひとりいるだけだった。入り口近くのカウンターで、本を読んでいる。

「こちら、お返しするわ」

「え？　あっ、はいっ！」

よっぽど本に集中していたのか、司書は慌てた様子で立ち上がる。椅子が足にぶつかってガタンと大きな音がした。

「とても面白かったわ」

「それはよかったです。同じ作者の作品を多数取りそろえておりますので、またぜひご利用ください」

司書は人のよい笑みを浮かべ、マリーアンジュに頭を下げる。

「ええ、ありがとう」

軽く会釈をして図書室を出たマリーアンジュが歩きだしたそのとき、「マリーアンジュ」と彼女を呼ぶ声がした。その声に聞き覚えがありギクッとしたが、敢えてしゃんと背筋を伸ばす。

「おはようございます。クロード殿下」

振り返ったマリーアンジュは、丁寧に腰を折ってお辞儀をする。

「ああ、おはよう。こんなところで何を？」

「図書室に本を返しに来たのです」

「ああ、なるほど。昨日の件を考え直して、俺に会いに来たのかと思った」

クロードは不敵な笑みを浮かべると、マリーアンジュのすぐ前まで歩み寄る。そして、彼女を追いつめるように壁に片手をついた。

「気は変わったか？」

「変わりません」

マリーアンジュは距離を取ろうとクロードの胸を押し返す。しかし、その体はびくともしなかった。クロードは逆に、マリーアンジュの両手首を片手でひねり上げる。

（なんて力なの。全然外れない）

なんとか彼から逃れようとマリーアンジュは身を捩るが、クロードの手は全く動かない。

(これも強化の祈りの効果なのかしら?)

クロードは決して軟弱ではないが、すらっとした体型をしている。ここまで力が強いとは思えなかった。

一方のクロードは涼しい表情を崩さないまま、マリーアンジュを見下ろした。

「気の強い女は嫌いではないが、口の利き方に気をつけろ。聡明なマリーアンジュならユリシーズ国とプレゼ国が争ったらどちらが有利か、言わずともわかっているはずだ。それに、俺は今この細首を絞めるだけで、プレゼ国に瘴気を蔓延させることができる」

クロードは空いている手で、マリーアンジュの首をなぞる。

——お前の命など、この場ですぐに消すことができる。そうすれば、プレゼ国は貴重な聖女を失い、おしまいだ。

クロードが暗にそう言っていると感じ取り、マリーアンジュはごくっと喉を上下させた。

「マリーアンジュ。俺はきみを気に入っている。いい返事を聞けることを期待している」

整った顔が近づき、マリーアンジュの耳元でクロードが囁いた。

一方その頃。

がらんとした誰もいない大聖堂の祭壇の前で、ヴィヴィアンはひとり立ち尽くしていた。

「なんで？　どうしてこんなことになったの……？」

どうしようもない惨めさと、状況をどうにもできない無力さへの絶望で、気持ちが沈む。

ヴィヴィアンは俯き、唇を噛んだ。

ここ、ユリシーズ国は世界的に見ても特に聖女が誕生しやすい国だ。今現在も現役の聖女が七人おり、すでに引退している聖女まで含めればその数は十人を超える。

未婚の聖女は原則として王都にある大聖堂で集団生活を送ることになっており、その中のひとりが選ばれて将来の王妃となるのが慣例だ。

強化の聖女であるヴィヴィアンは、未婚の聖女の中では序列が一番上の第二の聖女だ。だから、時がくれば自分こそはその〝特別なひとり〟になれるのだと信じ続けてきた。

だけど、今は絶望しかない。

ヴィヴィアンの脳裏に、昨日見た光景がよみがえった。

――昨日の午後、ヴィヴィアンはクロードに呼び出され、会議室に向かった。部屋にはクロードの他に、プレゼ国から来た第一王子のイアンもいた。

『そこに座れ』

クロードに命じられ、ヴィヴィアンは椅子に座る。

『明後日は両国にとって大きな意味を持つ日になるだろう。作戦成功を確実なものにするために、事前に打ち合わせておきたいと思ってね』

『作戦、ですか？』

ヴィヴィアンはクロードに聞き返す。このときはまだ、まさかあんな大それたことを計画しているとは思っていなかったのだ。

『明後日予定されている狩猟の宴の二日目で、出発前にヴィヴィアンは俺とイアン殿に強化の力を使うこと』

『はい』

ヴィヴィアンは頷く。それに関しては今日もやったので、問題ない。

『念のため、二回かけてくれ』

『……二回、ですか？』

ヴィヴィアンは怪訝に思って聞き返す。今日は一回しかかけていないがクロードとイアンのペアは二位に大きく差をつけて一位だった。二回かける理由がわからない。

それに、それぞれに二回かけるとなると合計四回祈る必要がある。クロードに強化の力を使い続けるために神聖力を消費しているヴィヴィアンにとって、それは負担が大きかった。

『言っただろう？　明後日は、両国にとって大きな意味を持つ日になると。プレゼ国王太子の復権がかかっているのだから、失敗は許されない』

クロードの言葉を聞き、ヴィヴィアンは大きく目を見開く。

（プレゼ国の王太子の復権？）

プレゼ国の王太子は元々イアンだったが、大怪我によって廃太子し、新たな王太子――ダレンに代わったという話はヴィヴィアンも知っている。侯爵である父や、プレゼ国に急遽行くことになったナタリーからも聞いたから。

（もしかして――）

嫌な汗が背中を伝う。その失敗できない場で何を撃つ気なのですか？とは怖くて聞けなかった。

『あの……、イアン殿下の復権と狩猟の宴に何か関係が？』

ようやく絞り出したのは、そんな無難な質問だ。

『もちろん関係はある。多くを仕留めれば、周囲にイアン殿の完全復活を示すことができるだろう？』

『そう……です……よね』

考えすぎだと思うのに、頭のどこかで納得できない自分がいた。

『あの……、完全復活を示すなら、ユリシーズ国の狩猟の宴ではあまり効果がないのでは？』

至極真っ当な問いに、クロードは目を眇める。ヴィヴィアンはこの質問が彼の気を逆撫でしたことを悟り、後悔した。

『お前の強化の力は、数時間しか保たないだろう。プレゼ国に到着したときには効果が切れている』

『はい。余計なことを申し上げて、申し訳ございません……。殿下の御心のままに』

『期待している。ヴィヴィアンなら引き受けてくれると思っていた』

優しく微笑むクロードを見て、胃がぎゅっと縮こまるのを感じた。


会議室を出たあと、ヴィヴィアンはもう一度先ほどの話を思い返す。

（やっぱり、何か引っかかるわ）

ただ単に狩猟で一番になったからといって、『両国にとって大きな意味を持つ日』になるだろうか。それに、『完全復活』を示すなら、他にもその機会はあるはず。すでに一日目で一位になっているのだから、むしろ今度は他のことで活躍したほうが周囲へのアピール効果は高そうなものなのに。

先ほどの会話には、違和感しかない。

（もしかして、クロード様——）

ヴィヴィアンの脳裏に、ある記憶がよみがえる。王太子選考会の直前に開催された、狩猟の宴のときのことだ。あのときも、クロードはヴィヴィアンに『二回、強化の祈りをしてほしい』と言った。

そのときは『王太子選考会前の大事な時期だから、できるだけたくさん仕留めて有利に立ちたい』と言われ、なんの疑問も持たずにそれを快諾した。彼の役に立てるなら、それだけで嬉しかったのだ。

だから、王太子の筆頭候補であったフェリクスがあの狩猟の宴で行方不明になり、彼を助けたナタリーがのちに『猟銃で撃ってしまった人は見つかったのか』とクロードに尋ねているのを聞いたとき、ヴィヴィアンは心臓が止まりそうなほどに驚いた。なぜなら、フェリクスは熊に襲われたのだと聞いていたから。

猟銃で撃たれたのなら、しかるべき捜査が行われ、撃った人間にはそれ相応の処分が下るはずだ。それなのに、誰もそれに言及しようとしないことに、強い違和感を抱いた。

自分が慕っている人はもしかしたらとんでもない悪人なのかもしれない。初めて、ヴィヴィアンがそんな疑いを持った瞬間だった。

(今回は、ダレン殿下を?)

確証は何もない。けれど、そんな気がしてならなかった。わざとヴィヴィアンがその意図に気づくような言い方をして、『お前も共犯だ』と告げているのではないだろうか。

『やっぱり、お断りしましょう』

確か、クロードはマリーアンジュを連れて大聖堂の地下に行ったはず。今追いかけて説得すれば彼を止めることもできるかもしれないと思い、ヴィヴィアンもそちらに向かった。

クロードがヴィヴィアンをいつもそばに置いていることはみんな知っているので、入り口の騎士には『クロード殿下に呼ばれたの』と言えば簡単に通してもらえた。

目的の部屋に近づくと、男女の話し声が聞こえた。ドアを開けようとしたヴィヴィアンは動きを止める。

そこで聞いたのは、思いも寄らない言葉だった。

『……恐れながら、クロード殿下にはヴィヴィアン様のような素晴らしいお相手がいらっしゃるではありませんか』

ヴィヴィアンはドアノブにかけようとしていた手をピタリと止める。

（マリーアンジュ様の声？　わたくしの話をしている？）

息を潜めて、じっと耳を澄ます。

『ヴィヴィアン？　ああ、彼女は役に立つからそばに置いているだけだ。言うなれば……愛妾のようなものだな』

クロードの、笑いを含んだような声が聞こえた。

『では、わたくしに新たな愛妾になれと？』

『いや、違う。マリーアンジュには妃にならないかと誘っている』

ヴィヴィアンは、一歩あとずさる。

（嘘……）

信じられないけれど、それは確かにクロードの声だった。

（マリーアンジュ様を妃にする？　じゃあ、わたくしは――）

ショックのあまり、ヴィヴィアンは立ち尽くす。しかし、しばらくして部屋の中からガタンと大きな音が聞こえ、ヴィヴィアンは我に返った。

その直後、『失礼させていただきます』というマリーアンジュの声が聞こえて、慌ててドア近くの壁のくぼみに身を隠した。

マリーアンジュの足音が段々と遠ざかる。そして、もう一度ドアが開いた。

（クロード殿下！）

探していたその人の後ろ姿に、ヴィヴィアンは『殿下！』と呼びかける。クロードは振り返ると、冷ややかな眼差しを彼女に向けた。

『忍び込んだ上に盗み聞きとは、感心できないな』

クロードはヴィヴィアンのほうにゆっくりと歩み寄ると、彼女の目の前で立ち止まる。

『ヴィヴィアン。俺はきみを大切に思っている。失望させないでくれ。きみをあそこに閉じ込めたくはない』

『あ……』

この地下道には、ほの暗い通路沿いにいくつもの牢獄がある。かつて、魔女とされた多くの聖女達が閉じ込められた場所だ。ヴィヴィアンは、言うことを聞かないとどうなるかわからないという、底知れぬ恐怖に襲われた。

クロードは冷ややかな表情を崩さぬまま、踵を返して出口のほうへと歩き始める。

『お待ちください……』

ヴィヴィアンの声に、クロードは応えない。

彼女は咄嗟に、クロードの腕に縋りついた。しかし、すぐにその手は彼によって振り払われ、体が床に倒れる。

『わたくしを捨てるのですか！』

地下道に、ヴィヴィアンの声が響いた——。


カタンと音がする。

「誰⁉」

祭壇の前で項垂れていたヴィヴィアンが背後を振り返ると、そこにはひとりの男がいた。黒髪の、若い男だ。

「あなたは……」

ヴィヴィアンは目を眇める。

長身で凜々しい雰囲気の漂うこの男はプレゼ国の王太子——ダレンだ。

「おはようございます。大きな声を上げて、失礼いたしました。王太子殿下」

ヴィヴィアンは慌てて頭を下げ、謝罪する。

「いや、構わない。突然訪ねてきたのは俺のほうだからね。しかし、来てそうそうきみに会えるなんて運がいいな。マリーに祝福してもらったお陰かな」

ダレンは口の端をわずかに上げる。

「え？　運がいい？」

ヴィヴィアンはダレンの言っていることの意味がわからず、小首をかしげる。

「ああ、こっちの話だ。気にしないでくれ」

ダレンは軽く手を振ると、にこりと笑う。

「ここで朝の祈りを？」

「いいえ。少し悩み事があって、物思いに耽ってておりました」

「そうか。せっかくだから、俺は『明日の狩猟の宴で勝利できるように』と祈っておこうかな。まさか兄上の猟銃の腕が急にあんなに上がるとは思わなかった。明日は絶対に一位を取りたい」

何気ない一言に、ヴィヴィアンはぎくっとした。イアンの猟銃の腕が上がったのは、彼女が強化の祈りを捧げたからだ。

一方のダレンは祭壇に向かって一礼すると、目を閉じて胸の前で手を合わせ指を組む。

数秒で目を開けたダレンは、首を回してがらんとした大聖堂の中を見回した。

「この大聖堂は本当に立派だね。我が国のものとは比べものにならない」

「……ユリシーズ国は聖地のある湖を抱える国ですので。ここは世界最大の大聖堂だと聞いております」

ヴィヴィアンは無難な答えを返し、ダレンの様子を見守る。ダレンは周囲を眺めながら、

「だろうね」と相づちを打った。

（いったい何をしに来たのかしら？　見学？）

ここをダレンが訪ねてきた理由が思いつかず、ヴィヴィアンは困惑する。さっきの口ぶりから判断するに、勝利の祈りをするのが目的ではなさそうだ。

ダレンはしばらくの間、祭壇に飾られた様々な神具を興味深げに眺めていた。そして、背後を振り返り大聖堂の一角に描かれた絵画を眺める。

「これは処刑される魔女を描いたのだとか」

「ええ、そうです」

ヴィヴィアンは頷いた。

絵画には、燃えたぎる炎で生きながらに燃やされる、若い女性が描かれていた。

――ユリシーズ国では、闇の精霊の力を借りた聖女を〝魔女〟とも呼ぶ。

光があれば、必ず闇も存在する。聖女と魔女は表裏一体であり、聖女と呼ばれるか、魔女と呼ばれるかはその力をどう使うかによるのだ。

「かつて、この世界にはもっとたくさんの聖女が存在していたと言われています。しかし、その力を恐れた一部の有力者が彼女たちのことを『悪魔の使いだ』と吹聴し、やがてそれを信じた人々により迫害されるようになったのです。聖なる力を宿した罪のない女性達を次々に捕らえては、根拠のない罪名を押しつけて処刑しました。それらの聖女の一部が闇の精霊の力を借りる魔女になり、世界に瘴気が満ちるようになったのはその頃からです」

瘴気が満ちたことにより、世界中に原因不明の病が流行し、肥沃だった土地が腐り始め、動物たちは獰猛な魔獣と化した。

驚いた人々は、これは聖女をないがしろにしたことによる神の怒りだと恐れおののき、一転して聖なる力を持つ女性達を大切に保護するようになったのだ。

この絵画は、かつての過ちを二度と繰り返さないようにとの自戒を込めて、この大聖堂が完成した当時に描かれたものだと、言い伝えられている。

「瘴気は迫害された聖女達の呪いということか。実に興味深いね」

「そういうふうに言う者もいるのは事実です。ですが、本当のところはわかりません」

ヴィヴィアンは首を横に振った。

世界に瘴気が満ち始めた時期と、聖女が迫害された時期は重なっている。それ故『瘴気は迫害された聖女達の呪いだ』という説があるのは確かだった。だが、それを確かめることは誰にもできない。迫害された女性達は、何百年も前にこの世を去っているのだから。

「あの……王太子殿下？　ここに何か用事が？」

ヴィヴィアンは、おずおずとダレンに問いかける。本当に、なぜダレンがひとりでふらりとここに来たのか、理由がさっぱりわからなかった。

「実はね。きみに話があるんだ」

ヴィヴィアンのほうを見たダレンは、にこっと人当たりのよい笑みを浮かべた。

「話、でございますか？」

ヴィヴィアンは困惑してダレンを見返した。

（なんの話かしら？　もしかして、昨日のクロード殿下の計画に気づいて——）

心臓がドクドクとうるさく鳴るのを感じた。

「ヴィヴィアン嬢。きみは神聖力が少なくて常日頃の浄化はできないと言っていたけれど、嘘だよね？」

「え？」

突然の予想外の質問に、ヴィヴィアンの背中に、つーっと嫌な汗が伝う。

「おっしゃっている意味がわかりかねます。わたくしはすぐに神聖力の枯渇を起こすので——」

「それは知っている。でも、理由は神聖力が少ないからじゃないよね？　回復が追いつかないほど頻繁に、聖女の力を使っているからだ」

真っすぐにダレンに見つめられ、ヴィヴィアンはごくりと唾を飲み込んだ。

「最初は些細な違和感だった。ユリシーズ国の聖女は序列があるけど、なぜ一番神聖力が少ないきみが第二位なのだろうと」

「それは、わたくしが侯爵家出身だから――」

「本当に？　ではなぜ、第三位の聖女は子爵家出身なのに侯爵家出身の聖女が第五位なのかな？　本当は爵位なんてあまり関係なくて、聖女の力――すなわち神聖力の多い順なんだろ？」

「……っ！」

ヴィヴィアンは言葉に詰まる。

（それは伝えてないはずなのに、どうして……）

「どうしてそれを知っているのかっていう顔をしているね。そんなの、部下に調べさせればすぐにわかるよ。きみの表情は本当にわかりやすい。ところでクロード殿下なんだけど……どうやら俺の婚約者をいたく気に入っているようだ。もう少ししっかりとつかまえておいてくれないかな」

ダレンはにこっと笑う。その朗らかな表情が、かえって空恐ろしく感じた。

「ユリシーズ国第二の聖女――ヴィヴィアン＝スレーは自身の持つ〝強化〟の能力を使い、クロード殿下を手助けしてきた。見返りは『王太子妃の座』だ。だが、幾年にもわたる協力にもかかわらず、彼は一向に婚約を発表する気配を見せない。それどころか、突然現れた隣国の聖女に懸想しだし、挙げ句の果てに彼女の婚約者である隣国の王太子を亡き者にしようとした」

ダレンはゆっくりと、しかしはっきりと言い聞かせるように言葉を紡ぐ。

「あ……」

自分でも、顔が真っ青になるのがわかった。ヴィヴィアンは一歩あとずさる。

（いったいこのお方はどこまで知っているの？）

何から何まで全て知られているのかと、恐怖で体が震える。

ダレンはそんなヴィヴィアンを見つめ、くすっと笑った。

「でもね。残念だけど、どんなに手助けしても、きみは王太子妃にはなれない。それはわかっているだろう？」

自分の中で、何かが崩れ落ちるのを感じた。

ずっと頭の片隅ではわかっていたけれど、それを認めたくなくて目を逸らし続けていたこと。

クロードが『いい子だ』『愛している』とヴィヴィアンに甘く囁くのは、彼女が〝強化〟の力を彼に与えるときだけだ。呼び出される用件はいつもそれ。彼にかかった〝強化〟が解けないように頻繁に祈りを捧げ、ヴィヴィアンは神聖力を消費し続けている。

「わたくしはっ！　わたくしはどうすればよかったのでしょう……」

ヴィヴィアンはその場で泣き崩れる。

ユリシーズ国の聖女は、聖紋が現れると同時に国の管理下に置かれる。幼い日に聖紋が現れたヴィヴィアンはすぐに大聖堂で過ごすことになり、ずっと同じ生活を繰り返している。

周囲の大人からは、いい子にしていれば、頑張れば、いつか王妃様になれるかもしれないよと言われ続けた。

侯爵家出身のヴィヴィアンは、実家からもそれを期待された。久しぶりに両親が会いに来てくれたと思ったら、年の近い王子と会うときはきちんと振る舞いなさいと厳しく言いつけられた。

だから、そうするしかなかったのだ。

それなのに――。

『ヴィヴィアン？　ああ、彼女は役に立つからそばに置いているだけだ。言うなれば……愛妾のようなものだな』

クロードの発した言葉が脳裏によみがえり、ヴィヴィアンを絶望の沼に突き落とす。

座り込んで大粒の涙を流すヴィヴィアンの肩を、ダレンはぽんと叩いた。

「俺が、きみをその呪縛から解放してあげよう」

「呪縛から……解放……？」

ヴィヴィアンは言われた言葉の意味がよく理解できず、ダレンを見返す。

「ああ。だから、ちょっと協力してくれないかな？」

ダレンは、背後を振り返る。

「ちょうど来たな。マリー」

呼びかけに応じるように大聖堂に入ってきたのはマリーアンジュだった。

「マリーアンジュ様……」

（本当に、神々しいくらい綺麗な人……）

金糸のような髪に、透き通る青い瞳。肌は白磁のように白く滑らかだ。そして、きっと神使が女だったらこんな見目だったのだろうと思わせるほど、整った容姿。

マリーアンジュはヴィヴィアンの前に座ると、にこりと笑う。

「本当にひどい男だわ。こんなに素敵な人がいらっしゃるのに」

ヴィヴィアンは返事できないまま、マリーアンジュを見返す。

「だから、この報いはしっかりと受けていただきましょう。ね？」

「でも……、わたくしはいったい何をすれば？」

ヴィヴィアンはマリーアンジュに問いかける。

「明日、クロード殿下に強化の祈りをかけるふりをして、実際にはかけないでほしいのです。イアン様は……猟銃の腕がひどすぎて、かけないとすぐに気づかれてしまいますから、弱めにお願いします」

マリーアンジュのイアンに対する言いざまがひどすぎて、真剣な話の最中なのにヴィヴィアンは思わずぷっと噴き出す。

「あとは、明日の狩猟の宴の前に、ダレン様に強化の祈りを。できますか？」

「できると思います」

マリーアンジュの問いかけに、ヴィヴィアンは頷く。

「でも、それだけで大丈夫でしょうか？　クロード様は、強化の力を使わなくとも狩猟はお上手です」

「それなら問題ないわ」

マリーアンジュは、ヴィヴィアンを安心させるように彼女の手を握る。

「わたくし、とっておきの力を彼に使おうと思っているの」

朗らかに微笑むマリーアンジュは、これまでヴィヴィアンが出会ったどの女性よりも美しかった。

その日の晩、マリーアンジュはクロードの元に向かった。

「今朝までは絶対に嫌だと言っていたのに、どういう風の吹き回しだ？」

クロードは探るようにマリーアンジュを見つめる。

「クロード殿下についたほうが、わたくしにとって得だと考え直しただけです」

マリーアンジュはさらりとそう言った。

「なるほど、賢明な判断だ。長年婚約していたイアン殿をあっさりと捨てて、ダレン殿に乗り換えただけはあるな」

「不幸な事故だと申し上げたはずですわ」

「そうだったな。不幸な事故だ。そして、明日起こることもまた、不幸な事故だ」

クロードはマリーアンジュを見つめ、にんまりと笑う。

「ダレン殿のことはいいのか?」

「問題ありません。人の心は移ろうものです。わたくし、国と共に命を散らすなんてまっぴらごめんです。〝ユリシーズ国とプレゼ国両国にまたがる大国の王妃〟と〝小国にこだわり儚く散る亡国の王妃〟。どちらを選ぶかなんて、明らかですわ」

「確かにそうだな」

クロードはくくっと笑う。

「では、契約の証をもらおうか」

「契約の証?」

マリーアンジュは聞き返す。

「マリーアンジュから口づけを」

「なんですって?」

「俺を欺いているかもしれないだろう? 本気なら、できるはずだ。きみの夫になるのだから」

（この人……！）

イアンとは違い、一筋縄ではいかない。

（ここは従順にしたほうがいいわね）

そう判断すると、マリーアンジュはクロードの両肩に手をのせる。そっと口づけると、ダレンとは違う冷たい感触がした。

「では、脱げ」

「はい？」

「脱げと言った」

クロードは高圧的な眼差しで、マリーアンジュを見つめる。

（自分に従うなら身も心も捧げて忠誠を態度で示せ、ってところかしら）

だがしかし、マリーアンジュは本気で彼に従う気など微塵もない。この男に抱かれるなど、まっぴらごめんだ。

「……月のものの最中ですわ」

「なんだと？」

「とても残念です」

マリーアンジュは眉尻を下げてさも残念そうな表情を見せると、彼の首に両腕を回してもう一度自分からキスをする。クロードは抵抗することなく、それを受け入れた。

ゆっくりと体が離れ、クロードはふんっと鼻で笑った。

「まあ、仕方があるまい。では、代わりに新たな主に祈りを。祝福の聖女殿」

（しめたわ）

まさか、向こうから頼んでくるとは思っていなかった。渡りに船だ。

「承知いたしました」

マリーアンジュはクロードの手を握ると光の精霊に教えられた通り、「どうか私を守ってほしい」と心の中で祈った。

「祝福の聖女よ、願いを聞き入れましょう」

頭に響くような不思議な声がした。

「そなたの祈りは、美しいな」

周囲にきらめく光の粒子を眺めながら、クロードはつぶやく。

「お褒めいただき光栄です」

微笑むと、マリーアンジュはクロードから両手を離し優雅に一礼する。

「では、わたくしは失礼します」

「もう戻るのか？」

「遅くなると、何をしていたのかと疑われますから」

「それもそうだな」

つまらなそうに言ったクロードに、マリーアンジュは頭を下げる。

（バカな人……）

ドアを閉めて部屋に戻る道すがら、マリーアンジュは手の甲で唇を拭うと、人知れず口角を上げた。

翌日は初日同様、爽やかな晴天が広がった。

マリーアンジュは青空を見上げ、目を細める。

（いよいよ今日ね）

ダレンと相談して、フェリクスとナタリーには今日起こるかもしれないことを今朝のうちに話すことにした。

クロードのことは出さずに「フェリクス様とダレン様が猟銃で負傷する姿を先見した」と伝えたら、ふたりとも即座に表情が固くなった。

「……おふたりとも、命に別状はないのですよね？」

震える声で尋ねてきたのは、ナタリーだ。その顔色は真っ青で、今にも倒れそうなほどだった。

「先見では、かなりの重症に見えました」

「そんなっ！」

ナタリーは顔面蒼白で口元を手で押さえる。フェリクスが気遣うように、ナタリーの肩を抱く。そして、マリーアンジュのほうを見た。

「その先見で、我々を撃った者は見ましたか？」

「見ていません。ただ、ナタリー様にはいつでも回復の祈りができるように備えていていただきたくて」

「もちろんです」

ナタリーは力強く頷く。

「ただ、私、ひとつ心配なことがあって……」

「心配なこと？」

マリーアンジュは聞き返す。

「私は猟銃の宴の参加者が怪我をした場合に備えて呼ばれているので、フェリクス様達について行くことができません」

ナタリーは困ったように眉尻を下げる。そして、少し逡巡するような様子を見せてから、おずおずと口を開いた。

「あの……、マリーアンジュ様。これは提案なのですが、わたくしの回復の力を少しマリーアンジュ様に託しておくのはいかがでしょうか？」

「わたくしに回復の力を？」

「はい。そうすれば、万が一私が他の方の対応に当たっていたとしても、マリーアンジュ様が回復の力を使って代わりに殿下達を助けられます」

「確かにそうですね。とてもいい考えだと思います」

マリーアンジュはこくりと頷いた。


狩猟の宴が始まってから一時間が経った。

マリーアンジュは着ている上着のフードを目深に被ると、周囲を見回す。ユリシーズ国の貴族のペアが獲物を探しているのが、遠目に見えた。

「ダレン様は、もうそろそろこちらに？」

「はい。もう間もなくかと」

マリーアンジュの問いかけに答えたのは、ダレンの側近のバルトロだ。

事前に決めた通り、バルトロはこの辺りに獲物がたくさんいると吹聴して回った。それを聞きつけた何も知らない参加者達が、集まり始めているのだ。

「イアン殿下はこの近くの水場でうさぎを追っていました。わざと彼らに見つかって撃たれやすいように、ダレン殿下達は行動されるはずです」

「わかったわ」

頷きながらも、心臓がどくどくと激しく鳴るのを感じた。もし失敗すれば、ダレンは死ぬかもしれない。そうすれば自動的に次の王太子は再びイアンとなり、プレゼ国はおしまいだ。

（絶対に助けるわ）

マリーアンジュは胸元でぎゅっと手を握りしめた。

パンッという銃声と共に、野うさぎが倒れるのが見えた。

「やったぞ！　これで六匹目だ」

喜色を浮かべて興奮気味に喋るのは、イアンだ。イアンは鼻歌を鳴らしながら、意気揚々とその野うさぎの亡骸を拾い上げていた。

（そろそろ頃合いか）

クロードは、懐から懐中時計を取り出して時間を確認する。開始してからすでに一時間以上が経過していた。

「イアン殿。そろそろ獲物を撃ちに行こう」

「え？　獲物ならここに――」

イアンは再び、別の野うさぎに狙いを定めようとしていた。そののんきさにイラッとする。

（この間抜けが）

なんのために今日、二度も強化の祈りを捧げさせたと思っているのか。この森から野うさぎを一掃するためではない。

(今のところ、何も変化は感じないな。祝福の力などこの程度か)

クロードは自分の両手を眺める。

マリーアンジュは精霊の声を聞くことができるほど強い神聖力を持っている。その祈りを受けたらどんなにいいことがあるのかと思ったのだが、期待外れだ。

祝福で運気が上がるどころか、昨晩はグラスの水をこぼして部屋着を濡らしたし、今日はうさぎ以外のめぼしい獲物にちっとも出会えない。挙げ句の果てに、先ほどは昨日の雨でぬかるんだ土に足を取られてズボンと靴が泥だらけになった。

いいことどころか、悪いことばかり起こっている。

「先に行くぞ」

クロードは顎で一方を示すと、先に歩きだした。

十五分ほど歩き、クロードは足を止める。

(しめた。見つけたぞ)

遥か前方に、フェリクスとダレンらしきふたり組の後ろ姿が見えたのだ。ふたりはクロードのいる方角とは逆側を見て猟銃を構えている。何か獲物を狙っているようだ。

「イアン殿」

クロードはイアンに呼びかける。イアンはクロードの視線の先を見て、表情をこわばらせた。

「……ほ、本当にやるのか？」

「今さら怖じ気づくとは情けないな。王太子の座は諦めたのか？」

クロードが暗に〝腰抜け〟というニュアンスを含ませて鼻で笑うと、イアンは「違うっ！」と声を荒らげ、すぐに銃を構える。

「見てろよ。プレゼ国の王太子は俺だ」

イアンの猟銃からパンッと音がした。音に気づいたふたりがイアンのほうを振り返るのと同時に、ダレンが体をよろめかせる。

「当たったか。だが、急所を外しているぞ！」

クロードは叫ぶ。

弾はダレンの肩に当たったようで、反対側の手で負傷した肩を押さえながらもなんとか立っている彼の姿が見えた。その横で、フェリクスが周囲に向けて助けを呼んで叫んでいる。

（まずいな）

さっき、ダレンとフェリクスはイアンのほうを振り返った。おそらく、自分達を撃ったのがイアンだと気づいたはずだ。

再び、すぐ横でパーンと銃声が響く。

「くそっ、また外した。遠すぎる」

二発目も外したイアンは、苛立ちを隠さない態度で大急ぎで火薬を詰め直す。

「一昨日と同じ調子で撃てばいいだけだ。何を手間取っている！」

「それはそうなのだが、今日は調子が悪いんだ」

イアンはぶつぶつと文句を言いながら、銃に火薬を詰める。焦りから手元が狂い、イアンの足元に黒い粉がこぼれ落ちる。

「よし、できたぞ。今度こそ――」

ようやくイアンが構え直そうとしたそのとき、今度は遠くでパーンッと銃音が鳴り、イアンが手に持っていた猟銃が鋭い金属音と共にはじき飛ばされた。

「なっ」

イアンは一瞬の出来事に、大きく目を見開く。

「ちっ！　なんて奴だ。撃ってきた」

クロードは忌々しげに舌打ちする。

今、クロード達のほうに向かって猟銃を構えるダレンの姿が見えた。肩を負傷しているにもかかわらず、この距離を正確に猟銃に当ててくるとは。信じられない芸当だ。

不意に、「こっちだ」という声が近距離から聞こえてきた。どうやら、フェリクス達以外の参加者が近くにいるようだ。

「近くに人がいる。岩陰に隠れるぞ」

クロードはイアンに呼びかける。万が一にも第三者の目撃者が現れたりすると、色々と面倒だ。

しかし、イアンは猟銃を跳ね飛ばされたショックで呆然としており、その場に立ち尽くしていた。

(仕方がない。俺だけでも逃げて責任はイアン殿に――)

クロードはすぐ近くある川沿いの岩場に隠れると、じっと息を潜める。

(よりによって、肝心なときに狙いを外すとは。なんのために二回も強化の祈りを――待てよ)

クロードは今朝の光景を思い返し、ふと疑問を覚える。

(そういえば、今日はヴィヴィアンが祈りの言葉をきちんと口にしていなかったような……)

ヴィヴィアンはクロードのために強化の祈りを捧げるとき、いつも精霊への声がけをする。

しかし、今日は一度しかその声を聞かなかった。イアンに一回目の強化の祈りをかけた、その一度だけだ。

嫌な予感がしたが、クロードはその考えを自分の頭の中から追い出す。

(誰もいなくなったか?)

クロードは岩陰からそっと周囲の様子をうかがい、自分の猟銃を構える。そのとき、至近距離でバキンッと音がして、火花と共に銃身が真っぷたつに吹き飛んだ。

(こんなときに暴発？)

しかし、すぐに自分の持っている猟銃の銃身を撃たれたのだと悟った。衝撃で足がもつれ、靴底についた泥で左足が岩からすべる。

クロードはそのまま、岩場から三メートル下の川原に叩きつけられた。打ちつけられた腰の辺りから、バキッと嫌な音がした。

（くっ！）

クロードは生まれてこの方体験したことのないような、激しい痛みに襲われた。腰の骨が折れたと瞬時に悟った。

（くそっ！　祝福の効果どころか、何もかもが最悪だ）

そのとき、首元に冷たい物が触れた。

「兄上。何をなさっていたのですか？」

フェリクスが、常時携帯している護身用の短剣をクロードの首元に突きつけ、真っすぐに彼を見据えていた。その顔からはいつもの穏やかさが抜け落ち、代わりに激しい怒りを湛えていた。

さらに、近くにいた参加者や会場の騎士達までが騒ぎに気づいて集まり始め、辺りは騒然とし始める。

「くっ」

クロードは立ち上がろうと試みたが、足が動かない。それどころか、動こうとすると激痛が走った。

「あらあら、殿下。こんなところに寝そべって、どうされたのです？」

不意に聞き覚えのある声がして、クロードはそちらに目を向ける。そこには、優雅に佇むマリーアンジュがいた。隣にはダレンもいる。

ダレンは片方の肩の辺りに血がついているものの、痛がっている様子はない。そして、破れた服の合間から見える肌は傷ひとつなかった。

（銃創が治っている？　なぜ……）

マリーアンジュは体を屈めると、呆然とするクロードに顔を寄せる。

「こんなところでおねんねしては、お体に触りますよ」

「ふ……ざけるなっ」

必死に声を絞り出してマリーアンジュを睨みつける。けれど、自分の味方であるマリーアンジュが現れたことに少なからずホッとした。

「お……い。さっさと……助けろ」

マリーアンジュを見上げると、彼女は小首をかしげた。

「あら、嫌です」

マリーアンジュはきっぱりと言いきった。

「なぜわたくしの婚約者を殺そうとした人を、わたくしが助けなければならないのです？」

「なん……だと……。貴様、昨日……」

必死に声を出すたびに、体に激痛が走った。もしかしたら、肋骨も折れているかもしれない。

痛みで段々と意識が遠のいてゆく。

「ああ、あれ」

マリーアンジュはそんなクロードを見下ろして、ぽんと手を叩く。

「全部嘘です」

マリーアンジュは朗らかに笑うと、美しい笑みを浮かべる。

「殿下。どうして自分達だけが強化の祈りを受けていると思ったのです？　人の心は移ろうのですよ？」

クロードは大きく目を見開いた。

（騙された？　この俺が？）

にわかには信じられず、マリーアンジュを見つめる。

そんなはずはないと思う一方で、そうだとしか思えない。

「俺を……謀(はか)っ……たのか？」

（この俺が、そんなバカな……）

クロードは薄れゆく意識の中で、マリーアンジュが口の端を上げるのを見た。

事件の翌日、マリーアンジュはクロードの部屋を訪ねた。

「お見舞いとご挨拶にまいりました」

入り口で近衛騎士に告げると、ドアは難なく開かれる。クロードは執務机に向かい、頭を抱えて項垂れていた。ナタリーの回復の力で、なんとか座れる程度には治してもらったのだ。

一度しか回復の祈りを捧げず、完全に治るまで何度か試さないのは、ナタリーの彼に対するささやかな抗議だろう。

「クロード殿下」

マリーアンジュの呼びかけに、クロードはゆっくりと顔を上げる。

「……何をしに来た」

「明日帰国しますので、お別れのご挨拶に参りました」

「挨拶だと?」

マリーアンジュの発言に憤慨したように、クロードはダンッと机を叩く。

「マリーアンジュ！　お前の仕業だろう！　一昨日、お前の祝福を受けてから悪いことばかり起きる！　それに、ヴィヴィアンの様子もおかしい。いったい、何をした！」

「あら、クロード殿下がわたくしに『祈ってほしい』とおっしゃったので、祈っただけです。

それに、ヴィヴィアン様には真実を教えてあげただけですわ」

「真実だと？」

「クロード殿下はヴィヴィアン様が役に立つからそばに置いているだけで、妃にするつもりはない。利用しているだけだと。そうしたら、ヴィヴィアン様ったら殿下に強化の力を使うのが嫌になってしまったみたいです」

「なっ……」

クロードは、マリーアンジュの言葉に絶句する。

「ああ、あとひとつ。とっておきの秘密を教えてあげます」

マリーアンジュはクロードに少し顔を寄せると、人さし指を一本立てて口元に当てる。

「殿下は勘違いされていらっしゃるみたいですけれど……わたくしは殿下に祝福など贈っておりません」

「なんだと？　しかし、一昨日……」

クロードは訝しげにマリーアンジュを見つめる。

「祝福の反対なので、〝呪い〟とでも言いましょうか。こんなことができるようになったのはクロード殿下のお陰なので、感謝しております」

クロードは大きく目を見開いた。

「……呪い？　何を言っている？」

「厄を引き寄せる力です。大聖堂の地下の資料室で、ヒントをいただきました。聖女の力は逆に作用させることもできると」

マリーアンジュは朗らかに笑う。

「昨日の事件、たくさんの目撃証言が集まっているみたいですよ。イアン様を焚きつける殿下の声を聞いたという方もいらっしゃるみたいです。これはフェリクス様に聞いたのですが、証言を精査して半年以内を目処に殿下の処分が決まるそうです。いつまで呪いの効果が続くか、楽しみですね」

「ふざけるなっ！　今すぐにその呪いを解け！　隣国と俺の人生をめちゃくちゃにする気か！」

クロードが叫ぶ。

「あら、ユリシーズ国はめちゃくちゃにはなりません。だって、殿下の代わりは三人もいるもの。王子が多いとこういうときにいいですね。それに、殿下はもっと多くの方々の人生をめちゃくちゃにしてきたじゃないですか」

マリーアンジュはころころと楽しげに笑うと、クロードを見つめる。

「今回の旅、とても楽しかったですわ。ありがとうございます」

「待てっ！　この悪女がっ！」

クロードの怒鳴り声に、マリーアンジュはぴたりと立ち止まる。そして、くるりと振り返り、妖艶に微笑んだ。

「あら。わたくしが悪女だってこと、ご存じなかったのかしら?」

クロードはますます大きく目を見開いた。

「待ってくれ……。俺にかけた呪いを解け」

マリーアンジュは一歩あとずさり、自分に手を伸ばそうとするクロードと距離をとる。クロードの手は宙をかいた。

「さようなら。クロード殿下」

マリーアンジュはそれだけ言うと、振り返ることなく彼の部屋を出る。

「待てー! この悪魔がっ!」

バタンと閉ざされたドア越しに、クロードの必死の叫び声が聞こえた。


廊下を歩いていると、前方に見慣れた人がいた。

「マリー」

「ダレン様」

マリーアンジュは朗らかに微笑み、ダレンに駆け寄る。

「終わった?」

「ええ。終わりました」

「すごい叫び声だったな」

「本当に。一時はわたくしを妃にしたいって誘惑しておきながら、さっきは悪女だなんて言ってきたんですよ。ひどいと思いませんか？」

肩をすくめてみせると、ダレンはくくっと笑う。

「それはひどいな」

ダレンはマリーアンジュを抱き寄せ、鼻先がつきそうな距離で彼女を見つめる。

「だが、マリーの魅力は俺が世界で一番わかっているから、あんな奴が言うことは気にしなくていい。きみは極上の女だ」

「ふふっ。ありがとうございます」

マリーアンジュは微笑む。

秀麗な顔がさらに近づき、唇が重なった。


翌日、帰国の途に就くマリーアンジュ達を、フェリクスやナタリー、ヴィヴィアンが見送りに来てくれた。

ユリシーズ国の王宮の前に立ち、そこに並ぶ馬車の前で、マリーアンジュとダレンは最後の挨拶をする。

「このたびは本当にお世話になりました」

「いいえ、大したおもてなしもできず申し訳ありませんでした」

深々と頭を下げてお礼を言うマリーアンジュにそう言ったのは、ヴィヴィアンだ。

「お見苦しいところを見せてしまいまして」

「いいえ、そんなことはありません。……あの、クロード殿下は？」

マリーアンジュはヴィヴィアンに顔を寄せ、小さな声で尋ねる。

「さあ？　呼ばれたけれど『忙しいです』とお断りしたので、わたくしにはわかりかねます」

ツンとした態度を見せたヴィヴィアンを見て、マリーアンジュはくすっと笑う。ヴィヴィアンもそれにつられるように、笑みをこぼした。

「マリーアンジュ様。本当にありがとうございました。今はとても清々しい気分です」

晴れやかなヴィヴィアンの表情を見て、色々と吹っ切れたのだろうとマリーアンジュは思った。

「今度はわたくしも、マリーアンジュ様のように自分を大切にしてくださる男性を好きになります」

「え？　わたくし？」

マリーアンジュは目を丸くする。

けれど、ダレンがマリーアンジュを大切にしてくれているということを否定する気はない。

彼はいつも、マリーアンジュに優しく、慈しむように接してくれる。

ちらちらと視線を移動させると、ダレンはフェリクスと楽しげに言葉を交わしていた。フェリクスの横に立つナタリーも笑顔を見せている。

（無事に帰れそうで、よかった）

マリーアンジュは狩猟の宴の二日目に見た光景を思い出す。

マリーアンジュが駆けつけたとき、ダレンは険しい表情をして体を屈めていた。肩からはおびただしい血が流れ息づかいは荒く、一目で撃たれたのだとわかった。

（ナタリー様に回復の力を託していただいて、本当によかった）

もしあのとき回復の力がなかったら、マリーアンジュの祝福だけではダレンを十分に治癒させることはできなかっただろう。

先見は稀（まれ）に外れることもあるが、今回はそれだったのだとマリーアンジュは確信した。

マリーアンジュ達が、未来を変えたのだ。先見ではナタリーがダレンを治癒していたが、結果としてダレンを治癒したのはマリーアンジュだったのだから。

「名残惜しいが、そろそろ出発しようか」

「はい」

ダレンと共に馬車に乗り込んだマリーアンジュは、窓から顔を出し、手を振る。

ふわふわと漂う光からも、「またね！」と可愛い声が聞こえてきた。

◇ダレンの怒り

これほどまでに強い怒りを感じたことがあっただろうか。

叶うことならば、今すぐ彼らの手足を切り落とし、生きながらに森に放置して肉食獣の餌にしてやりたいほどだ。

『実は……クロード殿下に、俺と一緒にならないかと提案されました。無理やりキスをしてきて――』

思いつめた様子のマリーアンジュに打ち明けられたとき、急激に頭に血が上るのを感じた。

(へえ。俺からマリーを奪うと？)

クロードはユリシーズ国に到着した初日からマリーアンジュのことを興味深げに見ていて、気にはなっていた。だが、本気で奪おうとしているとは。

(兄上を治すためにナタリー殿を送り込んできたのも、全て計画の一環ということか。ルシエラ侯爵と手を握っているのだろうな)

クロードの狙いは明らかだ。

プレゼ国で唯一の未婚の聖女であるマリーアンジュを奪うことができれば、プレゼ国では十分な浄化が行えなくなるため、国家存続が危ぶまれるほどの致命的な打撃を与えることができる。表面上はイアンやサラートを支援しているように見えるが、実のところはプレゼ国を根こそぎ奪う前準備をしているだけだ。

「そっちがその気なら、こちらも容赦はしない」

マリーアンジュが欲しくて、婚約者だった兄のイアンを王太子の座から引きずり下ろしてまでして彼女を手に入れた。その何よりも大切なマリーアンジュを奪いに来るとは。

「三人とも、手を回して秘密裏に処分しましょうか?」

なんでもないことのようにそう尋ねてきたのは、側近のバルトロだ。ダレンはバルトロの能力を高く買っているが、こういう、目的達成のためであれば時に冷酷になれる功利的な考え方をするところも気に入っている。

「いや」

ダレンは首を横に振る。

「簡単に殺したら、つまらないだろう?　愚かな策略を立てたことを、死ぬほど後悔させてあげないとね」

ダレンはバルトロを見つめ、笑みをこぼした。

◇　◇　◇

やましいことがあるだけに、落ち着かない。

（何を言われるだろうか……）

イアンは部屋の中を忙しなく歩き回る。ストレスから、胃がキリキリと痛んだ。

プレゼ国に帰国して早一カ月。今日はこのあと、ダレンが訪ねてくることになっていた。

ダレンとふたりきりで会うのは、帰国後初めてだ。何を言われるのかと今から緊張していた。

（大丈夫だ。全ては、ルシエラ侯爵とクロード殿が悪いんだ）

イアンは自分に言い聞かせる。なぜなら、あのふたりが自分を唆したりしなければ、イアンはあんな大それた計画など立てることはなかったのだから。

「兄上。お待たせしました」

しばらくして部屋にやって来たダレンは、穏やかな笑みを浮かべていた。まるで何事もなかったかのように、側近をしていた頃と変わらぬ様子でイアンの前に座る。

「ダレン。あれはルシエラ侯爵とクロード殿に唆されてだな——」

イアンは、ダレンが口を開く前に言い訳を始めた。王太子を殺害しようとするなど、たとえ王子であろうと重罪に問われる。それを免れるために、必死だった。

「ええ、兄上。わかっております」

ダレンはイアンを見返す。

「父上は、兄上の処遇を私に一任するとおっしゃってくださいました。だから、私は兄上にチャンスを差し上げたいと思っております。一年間、指定の任務に就いていただければ、その後はこの件について一切触れないつもりです」

「おお、そうか！」

イアンはホッと胸を撫で下ろす。思った以上に軽い処分で一気に肩の力が抜けるのを感じた。

「で、その任務とは？」

「こちらです」

ダレンは一通の書面を、イアンに手渡す。イアンは素早くその書面を読み、動きを止めた。

「南の辺境騎士団？」

南の辺境騎士団は文字通り、南部の国境沿いの地域の治安を守る部隊だ。

「……待て。無理だ」

南の辺境は以前イアンが大怪我を負った西の辺境——リゴーン地方よりさらに田舎で、王都から遠く離れているため獣も多く、たびたび人を襲う被害が出ている。さらに、領地沿いの海峡には海賊が頻繁に現れ、騎士団と戦闘が起きている。

殉死したり、任務中の大怪我で体が不自由になったりする団員も多く、プレゼ国で最も危険な地域だとも言われている。

「なぜです？ 兄上にしてみれば、簡単な仕事でしょう。あんなに大きな猪を簡単に仕留めるくらいですから、頼もしく思います。私のために、わざと下手なふりをしてくださっていたのでしょう？ 騎士団長にも、兄上は即戦力として活躍できると伝えておきました」

頭が真っ白になる。

（嘘だろ？）

猪など、イアンの実力で倒せるはずがない。

「それでは兄上。健闘を祈ります」

立ち上がったダレンは、イアンを見下ろす。その目を見た瞬間に、全てを悟った。

ダレンはイアンを許してなどいない。

蔑むような瞳には、底知れぬ怒りと軽蔑の色が見えた。

イアンが再び右腕を失ったのは、赴任後わずか一カ月のことだった。

◇◇◇

屋敷に届いた手紙を読み、サラートは喜びに震えた。

「うまくいった。これでルシエラ侯爵家は安泰だ！」

イアンから届いたその手紙には、不幸な事故でダレンが意識不明になり、もう回復は難しいだろうと書かれていた。さらには、ぜひ直接お礼を言いたいとも。

「すぐに返事を」

サラートは興奮気味にペンを走らせ、早馬にその手紙を持たせる。そして自身は馬車に乗り込み、御者に王宮に向かうよう告げた。

王宮で女官に『ルシエラが来た』と伝えると、すぐに応接室に通された。

優雅な雰囲気の応接室で紅茶を飲みながら待っていると、カタンと背後のドアが開く音がする。

「殿下、このたびはおめでとうございます」

サラートは明るく声をかけ振り返り、次の瞬間に顔を強ばらせた。

「ずいぶんとご機嫌だな、ルシエラ卿。何がおめでたいのかな？」

口元に笑みを浮かべてそこに立つのは、イアンではなくダレンだった。だが、目は全く笑っていない。

サラートは驚き、座ったまま身じろいだ。

「なぜあなた様が……」

「俺がいると何か困ることでも？」

逆に聞き返され、サラートは言葉に詰まる。

「なら、俺が言い当ててやろう。イアン派の代表格だったルシエラ卿は兄上の失脚により急激に発言力を失いつつあり、焦っていた。困り果てた彼は、なんとかイアンを元の座に戻そうと画策し、隣国の王太子であるクロード殿の協力を得て、王太子ダレンを失脚に追い込むことにした。そして、イアンから無事に計画が成功した旨の知らせを受け、喜び勇んで王宮に来た」

ダレンはゆっくりと語りかけ、最後に「違うか？」と尋ねる。

「なぜそんなことを。滅相もございません」

サラートは噴き出る汗を拭い、視線を宙に泳がせる。

「ほう。俺が出任せを言っていると？」

「いえ、そういうわけでは」

「では、これは真実だな？」

「ち、違いますっ！」

サラートは慌てて首を横に振る。もし真実が明るみに出れば、サラートの命はもちろん、ルシエラ侯爵家もおしまいだ。

「では、これは何かな？」

ダレンが取り出したのは、先ほどサラートが書いた手紙だった。

「文面を読もうか？　親愛なるイアン殿下。このたびの計画成功、誠におめでとうございます。殿下の復権に際し、心よりお喜び申し上げます。今後は王太子となられるイアン殿下をルシエラ侯爵家が全身全霊で支えてゆく所存です――。まだあるけど、続きも読む？」

ダレンは冷ややかな視線をサラートに浴びせる。サラートは慌てて立ち上がり、ダレンに縋りついた。

「……殿下、お許しを。これは何かの間違いです」

「その間違いについては、親愛なる兄上にでも話すといい」

突き放す言葉に、サラートの頭は真っ白になる。

「もうすぐ俺とマリーアンジュの結婚式がある。恩赦があるから、ちょうどよかった」

ダレンはそう言うと、凍てつくような瞳でサラート見つめ、口元だけにこりと微笑む。

「楽に死ねると思うなよ、ルシエラ卿」

ダレンに囁かれた瞬間、己の終わりを悟ったサラートは膝から崩れ落ちる。

あとには、慟哭だけが響き渡った。

◆エピローグ

ユリシーズ国を訪問してから、半年が過ぎた。

プレゼ国の王宮の一室で、マリーアンジュは今日も執務机に向かい、仕事に励んでいた。

「あら、これ……」

マリーアンジュは確認していた書類に目を留める。それは、国に仕える者達の人事異動の情報のうち、特に高位の役職にある人間についてだけまとめられたものだ。

「どうかされましたか？」

花瓶の花を入れ替えていたエレンが、不思議そうな顔をしてマリーアンジュを見る。

「あ、なんでもないわ。ちょっと、意外な人事があったから」

マリーアンジュは咄嗟にごまかす。

（イアン様、ようやく南の辺境に行かれたのね）

歴史を振り返れば、辺境の地を守る筆頭として王族が赴くことはさほど珍しくもない。前線を守る兵士達の士気を上げると共に、周辺国に『プレゼ国はこの地域を重視し、しっかりと守っている』ということを知らしめることができるからだ。

ただ、それは大変名誉なことである一方で、大きな危険を伴う。国境地帯で何か不測の事態が起これば、部下達を指揮して第一線に立たなければならない。

それに、南部の辺境地帯は王都や聖地からも遠く離れているせいか瘴気がたまりやすく、過ごしやすい場所とは言いがたい。

本当は三ヶ月前には出発しているはずだったのに、イアンは何かと理由を付けて行かずにごねていたのだが、遂に行かされたようだ。

（まあ、同情はしないけど）

マリーアンジュはこの人事から、ダレンのイアンに対する強い怒りを感じ取った。

元々臣下に下ることを想定して軍人として生きてきた王族ならいざ知らず、長らく王太子として王都でぬくぬくと生活していたイアンにとっては、とても過酷な生活となるだろう。それこそ、死と隣り合わせになるくらいには。

（ルシエラ侯爵家は、サラート様が投獄の上、爵位没収か……）

直接手を下していないし未遂だったとはいえ、サラートは現役の王太子を排除して自分の推す王子を王太子にしようと画策したのだ。本来であれば、一族郎党が処刑されるほどの重罪だ。ただ、今はちょうどマリーアンジュとダレンの結婚式が迫っている時期なので、恩赦が適用されてこのような処分内容となったようだ。

部屋のドアがトントントンとノックされる。エレンがドアを開けると、ダレンが隙間から顔を覗かせた。

「ダレン様！　いらっしゃいませ」

マリーアンジュは立ち上がる。

ダレンをソファーに座らせると自分は彼の隣に座り、エレンにお茶の準備を言付ける。エレンはすぐにお湯をもらいに部屋を出た。

「今日はいつもより早いのですね」

マリーアンジュは声を弾ませ、ダレンに話しかける。

ダレンは毎日のようにマリーアンジュの顔を見に来てくれるのだが、大体いつも時間が決まっている。けれど、今日はいつもより三十分くらい早い。それをこんなふうに嬉しく感じるようになったのは、いつからだろう。

「ああ。ちょっとこれを見せようかと思って」

ダレンがポケットから取り出したのは、一通の封筒だった。真っ白な封筒には、赤い封蝋が押されている。

「手紙でしょうか？」

「ああ。ユリシーズ国のフェリクス殿からだ」

ダレンは頷いて、それを封ごとマリーアンジュに手渡す。封筒はすでに横の部分が切られていたので、マリーアンジュはそこから中身を取り出した。

「まあ」

　文面を見たマリーアンジュは口元を綻ばせる。

　そこには、クロードに対して、先日のダレン暗殺を手引きしただけでなく、王太子選考会の直前にフェリクスを事故と見せかけて暗殺しようとした容疑も固まったと書かれていた。事態を重く見たユリシーズ国王はクロードから王太子の身分と王位継承権を剥奪した。

　そのためユリシーズ国では再度王太子選考会が実施され、その結果フェリクスが次の王太子に就くことが決まったようだ。立太子の式典も近く行われるという。フェリクスの直筆で、ぜひダレンとマリーアンジュにも式典に参加してほしいと追記されていた。

「行きたいけど……四カ月後ですか。結婚式は終わっているから大丈夫かしら?」

　マリーアンジュは先の予定を思い浮かべながら、頬に手を当てる。

　ユリシーズ国に日帰りで行くことはできないから、また何日も予定を空けることになる。行きたいけれど、一週間以上不在にしたばかりなのに、またもや長期で不在にしてもいいものだろうかと悩ましい。

「大丈夫なように、仕事を調整しよう」

　ダレンは考え込むマリーアンジュに微笑みかける。

「どうせだから、そのまま新婚旅行に行こうか」

「新婚旅行?」

　マリーアンジュはきょとんとして聞き返す。

新婚の夫婦が領地やお世話になった人々を訪ねながら蜜月を過ごす新婚旅行は、貴族にはよく見られる文化だ。ただ、マリーアンジュは王太子妃となる立場上、自分が新婚旅行に行けるとは思っていなかった。

「マリーは、友人達の新婚旅行の話を聞いたと話すとき、いつも羨ましそうにしているから。行きたいんだろ？」

「え？　わたくし、そんなに羨ましそうにしていますか？」

マリーアンジュは恥ずかしくなって、思わず自分の両頬を手で包む。

確かに余暇を充実させながら蜜月を過ごし、夫婦の愛を育む友人達を羨ましいと思ったことは一度や二度ではない。しかし、それが顔に出ていたことは全く自覚していなかった。

「マリーの願いは、全部俺が叶えるよ」

「ダレン様はわたくしに甘いですね」

「マリーを甘やかすのは、俺の特権だから。もっともっと甘やかしたい」

ダレンは優しく微笑むと、マリーアンジュを抱き寄せて唇を重ねる。角度を変えながら繰り返されるそれは、すぐに深いものに変わった。

結婚式まであと少し。この人とならば、幸せな未来が描ける気がした。


〈了〉

あとがき

皆さんこんにちは。三沢ケイです。

この度は「どうも、噂の悪女でございます　2」をお読みいただき、ありがとうございます。

前巻のあとがきでも記載しましたが、本作品はもともと、無料の小説投稿サイトに掲載していた一万字程度の短編でした。それを長編書籍化していただけたことだけでもびっくりなのに、更には2巻まで！

それもこれも、いつも応援してくださる読者の皆さんのおかげだと、感謝の気持ちでいっぱいです！


さて、本作品を書くにあたっては、どんなイベントを発生させてどうマリーアンジュの悪女な一面を見せるのかに、とても頭を悩ませました。

前巻が前王太子であるイアンとの対決だったので、今回は国を飛び越えて隣国の王太子にしてみたのですが、いかがでしたでしょうか？

次々と登場するキャラのそれぞれが胸の内に野望を抱えた腹黒なので、緊張感あるキャラ達のやりとりを楽しんでいただけたら嬉しいです。

腹黒ばかりの中で、ナタリーとフェリクス、それに精霊のほんわかした雰囲気が執筆中の私の癒やしでした。

最後に、この場をかりてお礼を。

1巻に引き続きイラストを担当してくださったm/g先生、今回も美術館の絵のような美麗なイラストをありがとうございます！　思わずひれ伏したくなる悪女感が今回も最高でした！

そして、本作を担当してくださった、担当編集I様および編集補佐のS様。途中で思わぬトラブルに見舞われて原稿執筆が遅れ、大変ご迷惑をおかけしました。柔軟に対応していただき、本当にありがとうございました。

そして、読者の皆さん。いつもありがとうございます！

またどこかでお会いできることを願って。

三沢(みさわ)ケイ

どうも、噂の悪女でございます2
聖女の力は差し上げるので、私はお暇頂戴します

2023年11月5日　初版第1刷発行

著　者　三沢ケイ

発行人　菊地修一

発行所　スターツ出版株式会社

〒104-0031　東京都中央区京橋1-3-1　八重洲口大栄ビル7F
☎出版マーケティンググループ　03-6202-0386
（ご注文等に関するお問い合わせ）

https://starts-pub.jp/

印刷所　大日本印刷株式会社

ISBN　978-4-8137-9278-9　C0093　Printed in Japan

［三沢ケイ先生へのファンレター宛先］
〒104-0031　東京都中央区京橋1-3-1　八重洲口大栄ビル7F
スターツ出版（株）　書籍編集部気付　三沢ケイ先生

BF ベリーズファンタジー
大人気シリーズ好評発売中！

追放されたハズレ聖女はチートな魔導具職人でした

1〜2巻

白沢戌亥・著　みつなり都・イラスト

前世でものづくり好きOLだった記憶を持つルメール村のココ。周囲に平穏と幸福をもたらすココは「加護持ちの聖女候補生」として異例の幼さで神学校に入学する。しかし聖女の宣託のとき、告げられたのは無価値な〝石の聖女〟。役立たずとして辺境に追放されてしまう。のんびり魔導具を作って生計を立てることにしたココだったが、彼女が作る魔法アイテムには不思議な効果が！　画期的なアイテムを無自覚に次々生み出すココを、王都の人々が放っておくはずもなく…⁉